笔记文选读

吕叔湘 编著

上海文艺出版社

出版说明

本书据《吕叔湘全集》第九卷排印。《全集》底本为语文出版社 1992 年 1 月版，有所订正。本次出版，以语文出版社版对勘，遇有不同，则对照文光书店 1950 年 1 月版、古典文学出版社 1955 年 9 月版与上海古籍出版社 1979 年 7 月版，择善而从。

底本中的"三版跋"（语文出版社版同），主要内容已收入注解，故不再作为正文，列为附录一。古典文学出版社 1955 年 9 月版与上海古籍出版社 1979 年 7 月版另有一序，内容与底本之序不同，列为附录二。文光书店版有叶圣陶先生序，提供了一个有意味的阅读视角，列为附录三。

书中标点方式有与现在通用方式不同者，字的繁简也有与现在用法相异者，仍其旧，以为思考文字与标点变迁之助。

序

我选辑这本书的动机是要给初学文言的青年找点阅读的资料。现行的国文教科书，因为受种种条件的拘束，所选的文言篇章对于学习者的兴趣未免太少顾及。同时，教科书所选的多半出于专书或文集，风格以高古为尚，是可以或应该读，但未必是可以或应该模拟的。笔记作者不刻意为文，只是遇有可写，随笔写去，是"质胜"之文，风格较为朴质而自然，于语体较近，学习起来比较容易。现代的青年倘若还有学着写一点文言的需要，恐怕也还是这一路笔墨更加有用些。我希望这本书在题材和文字两方面都能略有补充和矫正的作用。

笔记文种类繁多，选录的时候也大略定了个标准：搜神志异及传奇小说之类不录，证经考史及诗话文评之类也不录。前者不收，倒没有什么破除迷信的意思，只是觉得六朝志怪和唐人传奇都可另作一选，并且已有更胜任的人做了。后者不取，是因为内容未必能为青年所欣赏，文字也大率板滞寡趣。所以结果所选的，或写人情，或述物理，或记一时之谐谑，或叙一地之风土，多半是和实际人生直接打交道的文字，似乎也有几分统一性。随笔之文也似乎本来以此类为正体。

共收笔记九种，选录近百则。每篇之后略附注解，其中也许有详略失当之处，那也是自来注家所不免。而于常见词语之用法随时提示，于生僻的词语在字书中可一索而得者或竟置之不论，和旧时的笺注也有点不同。另附"讨论"，除一部分和词句的义蕴有关外，大率以引发读者的经历见闻和所读文字相印证为宗旨，希望能帮助养成一种比较良好的读书习惯。陆续写得，即付国文杂志补白，乘此集印单行之际，序其缘起如此。

吕叔湘

1943 年 11 月

重印题记

这本《笔记文选读》四十年代在上海由文光书店印过三版。五十年代以后曾经先后由新文艺出版社、中华书局上海编辑所、上海古籍出版社印过。他们互相授受，然后给我通知。在屡次重印过程中，篇目有所删减，注释之后的"讨论"则一概削去。既成事实，我也无可奈何。但这些版本仍然都用繁体字、直行，对于今天的读者仍然不方便。

现在重印，所删六篇，恢复了三篇。全书改用简化字、横行；注释之后仍有"讨论"。这就是说，基本上恢复了原来的面貌。

吕叔湘
1991 年 1 月 20 日

目录

- i 出版说明
- ii 序
- iv 重印题记

世说新语 / 刘义庆

- 5 管宁割席
- 7 华王优劣
- 9 顾荣施炙
- 11 阮裕焚车
- 13 家无长物
- 15 小时了了
- 18 邓艾口吃
- 20 新亭对泣
- 22 未能忘情
- 24 佳物得在

25　木犹如此
27　祖财阮屐
29　牛屋贵客
32　东厢坦腹
34　桓玄好缚人
36　床头捉刀人
38　雪夜访戴
40　温峤娶妇
43　王蓝田性急
45　王蓝田自制

国史补 / 李肇

50　兖公答参军
52　王积薪闻棋
54　李廙有清德
56　刘颇偿瓮直
58　崔膺性狂率
60　任迪简呷醋
62　崔昭行贿事
64　王锷散货财
66　故囚报李勉
68　僧荐重元阁

梦溪笔谈 / 沈括

74　刘晏计物价
77　陕西盐法
79　范文正荒政
82　地图
83　边防
86　雄州北城
88　乘隙
90　赫连城
92　溇柱
94　合龙门
98　活板
101　正午牡丹
103　以大观小

志林 / 苏轼

109　游兰溪
112　记承天寺夜游
114　记游庐山
118　记游松风亭
120　儋耳夜书

122　措大吃饭
124　记与欧公语
127　论贫士
129　刘凝之、沈麟士

鸡肋编 / 庄季裕

135　馓子
138　各地岁时风俗
143　南北雨泽
145　陕西谷窖
147　省记条、几乎赏
149　三觉侍郎、三照相公
151　俚语见事
153　讳名
157　迪功郎
160　沈念二相公

老学庵笔记 / 陆游

166　东坡食汤饼
168　不了事汉
170　黄金钗

172 汉子

174 僧行持

176 尚书二十四曹

179 孙王交情

182 白席

184 士大夫家法

186 虏官

188 马从一

岭外代答 / 周去非

195 钦州博易场

199 蛮刀

201 槟榔

204 桄榔

206 象

211 蛮马

214 春虫

217 斗鸡

癸辛杂识 / 周密

228 健啖

232 送刺
234 故都戏事
238 大父廉俭
241 文山书为北人所重
243 梨酒
245 白蜡
247 鱼苗

武林旧事 / 周密

253 元夕
264 西湖游赏
273 观潮
276 岁晚节物

281 附录一：三版跋
283 附录二：一九五五年序
286 附录三：叶圣陶序

世说新语

刘义庆

《世说新语》，刘宋临川王义庆撰。旧称《世说新书》，唐人犹然，来世始易今名。其书记魏晋间事，尤详于渡江以后；以"德行""言语"等别为三十六门，一事多者百余言，少或十余字。着墨不多，而一代人物，百年风尚，历历如睹，盖善于即事见人，所谓传神阿堵者。后世轶闻琐语之书，殆无不受其影响；其有意效之为书者，宋有王谠之《唐语林》、孔平仲之《续世说》，明有《何氏语林》《明世说新语》，清有《明语林》《今世说》，然鲜有能与临川原作抗手者。今世言文学，尚性格之描绘，是则此书固宜膺上选也。

是书传本多出嘉靖袁氏，今即据四部丛刊复印本传录。旧有梁刘孝标注，与《三国志》裴注，《水经》郦注同号渊博。坊间别有注本，节录刘注，略有增益，而纰缪错出，如"桓公北征"条，以"金城"为今甘肃地；"桓南郡好猎"条，释"会当被缚"为桓氏一门将有受缚之日，殆率尔成书，不足为法者。今为诠释，取便初学，多涉字句；人、地、事迹，唯于本文之了解为不可阙者约言二三，盖与孝标之注大异其趣已。

管宁割席

管宁、华歆共园中锄菜。见地有片金,管挥锄与瓦石不异,华捉而掷去之。又尝同席读书,有乘轩冕过门者,宁读如故,歆废书出观。宁割席分坐,曰:"子非吾友也。"

注解

锄菜:刨地挖菜。文言常活用名词做动词,比白话自由。

不异:没有两样,一样。更常见的说法是"无异",以"异"字为名词。

捉:握也。白话用"捉"字限于"捕捉"之义。

轩冕:古制大夫以上乘轩服冕。此处言有贵官过门也。

如故:照旧。

废书:放下书本。

同席,割席:古人铺席于地,坐于其上;一席常坐数人。

世说新语

如今摆酒称几席，仍是沿用此义。

讨论

1. 管宁、华歆都是汉末名士，后来立身行事大异其趣，此处所记二事已见其端。能查得二人事迹否？在哪一出旧戏中见过华歆？

2. 若是你种菜时看见地上有金银，你将如何？读书时有乐队过门，你将如何？

3. "乘轩服冕"省说"乘轩冕"，妥？索性连"乘"字也省去，何如？比较："有轻裘肥马过门者"。

4. "挥锄与瓦石不异"，此句有省减处否？比较："挥锄与农夫不异"。

5. 后人常称绝交为"割席"，本事出于此篇。

6. 文言中，人名已见上文时，可单称姓或名；此处一篇之中恰恰两种例子都有。在典雅的文言中，称名是正常的说法，称姓限于妇女，能举数例否？

华王优劣

华歆、王朗俱乘船避难。有一人欲依附,歆辄难之。朗曰:"幸尚宽,何为不可?"后贼追至,王欲舍所携人。歆曰:"本所以疑,正为此耳。既以纳其自托,宁可以急相弃邪?"遂携拯如初。世以此定华、王之优劣。

注解

俱:共,一同。白话用"俱"多作"皆""均""都"讲,如"一应俱全"。

辄:即,就。通常表示不止一次,无论上面有"每"字与否。如此处即指那个搭船的人数次要求,华歆都不允许。

舍:捨。

既以:既已。

纳其自托:承认他的请托,应许他附载。

讨论

1. 凡事当慎于其始,一旦决定,就不可中途反悔。你的经验中有同一类的事情没有?

2. 假如有人托你一件事,是你办不了的,你还是先应许他,然后找个理由说办不了啊,还是宁愿让他不高兴,一开头就不应许他?

3. "难之"的"难",以形容词作动词用,含"以为"意,称为"意动用法",能觅得同类的例否?(如:不远千里而来。)

4. "相弃"的"相"字是否可作"互相"讲?能觅得同样的例否?

顾荣施炙

顾荣在洛阳，尝应人请。觉行炙人有欲炙之色，因辍己施焉。同坐嗤之。荣曰："岂有终日执之而不知其味者乎？"后遭乱渡江，每经危急，常有一人左右。已问其所以，乃受炙人也。

注解

请：宴设。应人请，赴宴。

炙：（名词）烤肉。行炙人，烤肉的厨子。

辍己：让出自己的一份。

左右：扶助。

已问其所以：已而问其故。

讨论

1."焉"字本义等于"于之"二字之合，此处即用此义。

2."已问其所以"句，或以"已"字为"己"，属上句。试评论两种读法之长短。古书无标点，类此之例甚多，宜用意斟酌。

3.文言"所以"二字用法与白话不同，本篇"问其所以"乃"问其所以如此之故"之省，比较上篇"本所以疑"句。

阮裕焚车

阮光禄在剡，曾有好车，借者无不皆给。有人葬母，意欲借而不敢言。阮后闻之，叹曰："吾有车而使人不敢借，何以车为？"遂焚之。

注解

阮光禄：阮裕，尝被召为金紫光禄大夫，故称阮光禄。

何以车为：还要这车子做什么？"何为"等于"做什么"，照文言的习惯，拆在两处。同样的句法如"何以家为？""丈夫死耳，何以泣为？"

讨论

1. 你有东西肯不肯借给人？假如你生活在一个你不借给我，我不借给你的社会里，你觉得怎么样？但是像阮裕这样因此把车烧了，是不是也有点过分？

世说新语

2."无不皆给"句,"无不"已含"皆"意,微嫌重复。何以加一"皆"字,有原因可解说否?

3."借者无不皆给"与"借者无不皆得",句法有何异同?

4.阮裕因尝被召为光禄大夫,即称"阮光禄",这种以官名(及封爵)代人名的说法,古代很通行,本书中其例甚多(如"周侯""王丞相""庾太尉"),可随时注意。这种称代法和现代的称某主任某局长有何异同?

家无长物

　　王恭从会稽还，王大看之。见其坐六尺簟，因语恭："卿东来，故应有此物。可以一领及我。"恭无言。大去后，即举所坐者送之。既无馀席，便坐荐上。后大闻之，甚惊；曰："吾本谓卿多，故求耳。"对曰："丈人不悉恭，恭作人无长物。"

注解

会稽：郡名，治今浙江省绍兴县。

王大：王忱字佛大，亦称阿大。

簟：竹席；一说细苇席。

卿：六朝时习惯，尊者称卑者为"卿"，同辈相昵亦互称"卿"。王忱与王恭同族而辈分高，故称恭为"卿"。

东来：东晋的国都在今南京，故称会稽一带为"东"。

故：本来，自然。

一领：今称"一条"。

及：仍是"到"义，从便可讲作"给"。比较："介之推不言禄，禄亦弗及"（《左传》）。

荐：草结之席，今仍云"草荐"。

长物：犹言"馀物"，多馀的东西。

丈人：古时卑幼称尊长为"丈人"。后世专以称妻之父。

讨论

1. 王忱称"阿大"，与后世以行第相称者异，忱乃坦之第四子也。以行第相称，唐宋之世最盛，能举其例否？

2. "卿东来"谓"自东来"，但"大江东去"则是"向东去"。文言中方位词上的"自"和"向"常常省去。试说明下面诸语中所省为"自"为"向"："汉族西来"，"乌鹊南飞"，"南归"，"北伐"，"极目四望"，"群骑四面集"。

小时了了

孔文举年十岁，随父到洛。时李元礼有盛名，为司隶校尉。诣门者皆俊才清称及中表亲戚，乃通。文举至门，谓吏曰："我是李府君亲。"既通，前坐。元礼问曰："君与仆有何亲？"对曰："昔先君仲尼与君先人伯阳有师资之尊，是仆与君奕世为通好也。"元礼及宾客莫不奇之。太中大夫陈韪后至，人以其语语之，韪曰："小时了了，大未必佳。"文举曰："想君小时，必当了了。"韪大踧踖。

注解

孔文举：孔融。

李元礼：李膺。

清称：有名誉。

中表：表兄弟姊妹为中表亲，此处泛指亲戚。

通：通报，传达。

府君：汉时称太守为府君。原注引孔融别传，云膺时为河南尹，《后汉书·孔融传》同。后世府君之称渐以施于他官，尤以子孙尊其先世为然，乃至无官亦称之。

伯阳：《史记》谓老子姓李，名耳，字伯阳。

师资：即"师"。此处指孔子问礼于老子事。

奕世：累世，代代。

了了：明悟，聪慧。

踧踖（cù jí）：本训"恭敬"，后转指局促不安貌。

讨论

1. "小时了了，大未必佳"，至今成为常用的成语；这个话当然不完全真实，但有时确是如此。这是什么缘故？

2. 关于孔融幼时聪慧，读过别的故事否？孔融后来的事迹有所知否？

3. "昔先君与君先人伯阳有师资之尊"，此句不明白。若是改为"师弟之谊"，如何？或将"与"字改"于"字，如何？这两种改句仍各有两解（如何两解？），但似较原句为胜。我们说话作文，当避免歧义（即一句两解），但尤当避免不可解。

邓艾口吃

邓艾口吃,语称"艾……艾。"晋文王戏之曰:"卿云'艾,艾',定是几艾?"对曰:"'凤兮,凤兮',故是一凤。"

注解

口吃:今语谓之结巴。

晋文王:司马昭。在魏封晋王,卒谥文;子炎篡魏,又尊为文帝。

定:到底,究竟。

凤兮:《论语·微子篇》:楚狂接舆歌而过孔子,曰:"凤兮,凤兮,何德之衰?……"

故是:原是。

讨论

1. 关于邓艾的事迹，在什么书上读过否？

2. 古人与人语，自称其名，邓艾口吃，故连说"艾……艾"。称名和称"我"有什么分别？除称名外，有何其他避免说"我"的办法？

3. 文言形容人口吃，常说"期期艾艾"。艾艾的本事即是此篇所记，期期是汉朝周昌的故事。汉高祖欲废太子而立戚姬子如意，昌廷争之强。上问其说，昌为人吃，又盛怒，曰，"臣口不能言，然臣期期知其不可；陛下欲废太子，臣期期不奉诏"。期字或为形容语吃之音，无义解；或形容"窃"字拉长之音。

新亭对泣

过江诸人,每至美日,辄相邀新亭,藉卉饮宴。周侯中坐而叹,曰:"风景不殊,正自有山河之异。"皆相视流泪。唯王丞相愀然变色,曰:"当共戮力王室,克复神州。何至作楚囚相对?"

注解

过江:西晋末期,五胡为乱,中原人士相率过江避难;琅琊王叡亦过江即帝位,是为东晋元帝。

藉卉:坐于草上,席地。

周侯:周颛。颛父浚以平吴功封成武侯,颛袭爵,世称周侯。

中坐:饮宴中间。

不殊:不异,相似。

正自:只是。

王丞相：王导。

戮力：勉力。

神州：战国时邹衍称中国曰赤县神州。此处云"克复神州"，盖当时中原人自居为"中国"，犹视江南为"域外"也。

楚囚：《左传》：晋侯观于军府，见钟仪，问之，曰："南冠而絷者谁也？"有司对曰："郑人所献楚囚也。"问其族，对曰："伶人也。"使与之琴，操南音。范文子曰："楚囚，君子也。乐操土音，不忘旧也。"

讨论

1. "风景不殊"，何处与何处之风景不殊？"正自有山河之异"何处与何处之山川相异，何以诸人听了这两句话要流泪？这两句话，简简单单，而含蓄深厚的情绪，所以成为名句。

2. 王导以楚囚喻诸人，言其徒知怀故国之悲，不思奋发，为囚人也。后人用楚囚事，往往仅言其窘迫无计。作文多用典故的时代已经过去，但就事论事，假如用典，是应该求其恰当的。

未能忘情

张玄之、顾敷,是顾和中外孙,皆少而聪惠。和并知之,而常谓顾胜,亲重偏至。张颇不恹。于时张年九岁,顾年七岁。和与俱至寺中,见佛般泥洹像,弟子有泣者,有不泣者。和以问二孙。玄谓:"被亲故泣,不被亲故不泣。"敷曰:"不然,当由忘情故不泣,不能忘情故泣。"

注解

中外孙:一孙一外孙,故合称中外孙。孙不能单称中孙。
聪惠:"惠"通"慧"。
不恹:不满。"恹",饱也,足也。
般泥洹:即"涅槃",皆梵语对音,释氏命终称涅槃。佛般泥洹像,即普通所称卧佛像。
被亲:得其宠爱。

忘情：哀乐不动于中。

讨论

1."于时"是"在此时"之意,文言"时"字多作"此时"讲,前面几篇中有其例否?

2."与俱至寺中","与"字下省"之"字。文言"与""为""以"等介词后"之"字常常省去,试在此处所录诸篇中觅此类例句。

3.张玄回答顾和的话有何含蓄之意?顾敷回答的话又含何意?何谓"一语双关"?我们可否凭二人的答语判断他们的优劣?假如顾敷先答,他是否还可以用这句话?

佳物得在

庾法畅造庾太尉,握麈尾至佳。公曰:"此至佳,那得在?"法畅曰:"廉者不求,贪者不与,故得在耳。"

注解

麈尾:拂尘。古时取麈(鹿属)之尾为拂尘,谈论时藉为指陈之助。一说以牛尾为之。

庾太尉:庾亮。

讨论

"廉者不求,贪者不与",两句形式上完全平行,但其中句法关系是否相同?比较"借者无不皆给"(前面第四篇)与"借者无不皆得"之例。

木犹如此

桓公北征,经金城,见为前琅邪时种柳,皆已十围。慨然曰:"木犹如此,人何以堪?"攀枝执条,泫然流泪。

注解

桓公: 桓温。

北征: 桓温北征,前后三次,此处当是指太和四年(公元369)伐燕的一次。上距温为琅邪内史时几三十年矣。

金城: 地名,当时属丹阳郡江乘县,地当京口(镇江)与丹阳(南京,东晋国都)通道。

琅邪: 桓温于咸康七年(公元341)为琅邪国内史,出镇金城。琅邪封国本在今山东省,东晋时其地久已沦陷,成帝于丹阳江乘县别立南琅邪。

十围: 古时计圆形物之周之长多言"围"。旧有两说:或两手相合（两拇指相接，两食指相接）为一围，或以合抱为一围，以合手义为较近事实。十围之树，径约三尺，柳树能径三尺而不朽败者甚少。

讨论

你在历史课中读过关于桓温的事迹否？和曹操比较如何？桓温在东晋是个极重要的人物。从本篇所记，可知他也是个富于感情的人。《世说新语》中关于桓温的故事甚多。

祖财阮屐

祖士少好财，阮遥集好屐，并恒自经营。同是一累，而未判其得失。人有诣祖，见料视财物；客至，屏当未尽，馀两小簏箸背后，倾身障之，意未能平。或有诣阮，见自吹火蜡屐；因叹曰："未知一生当箸几量屐？"神色闲畅。于是胜负始分。

注解

祖士少：祖约。

阮遥集：阮孚。

得失：高下。

料视：检点，料理。

屏当：料理，收拾；今多作摒挡。

箸：①于，在。②穿（衣履）。两义今皆作"著"，更简作"着"。

倾身：侧身。

意未能平：有点慌张。

吹火蜡屐：屐欲其滑润，故以蜡涂之。

几量：他处引作"几两"，"两"字是。古人屐履之属称"两"，犹后世之称"双"。又作"緉"。

讨论

1. 何谓"累"？好财、好屐何以是"累"？如何便非"累"？
2. 魏晋间人崇尚率真、旷达，不为外物所累，不为世誉所牵。所以好财好屐这两种嗜好，不从他们的本身去判别高下，却从嗜好者处之泰然与否来判别。这种做人的态度，你觉得怎么样？

牛屋贵客

褚公于章安令迁太尉记室参军，名字已显而位微，人多未识。公东出，乘估客船，送故吏数人，投钱唐亭住。尔时吴兴沈充为县令，当送客过浙江；客出，亭吏驱公移牛屋下，潮水至，沈令起彷徨，问牛屋下是何物？吏云："昨有一伧父来寄亭中，有尊贵客，权移之。"令有酒色，因遥问："伧父欲食饼不？姓何等？可共语。"褚因举手答曰："河南褚季野。"远近久承公名，令于是大遽。不敢移公，便于牛屋下修刺诣公，更宰杀为馔具。于公前鞭挞亭吏，欲以谢惭。公与之酌宴，言色无异状，如不觉。令送公至界。

注解

褚公：褚裒。

于：自。

章安：县名，在今浙江临海县东南，今犹有章安镇。

估客船：商旅搭乘之船。"估"同"贾"。

送故：汉世重视长官与属吏之关系，长官去职，属吏远送，名为"送故"。魏晋之世犹然。

钱唐亭：钱唐，县名，在今杭县。亭，驿亭。古时无私人经营之旅舍，官设亭以供公私行旅寄宿。

牛屋：当时多以牛驾车，虽显贵亦然。牛屋犹马房也。

何物：什么。"物"字已不专指物件，"何物"合为疑问指称词。如《晋书·王衍传》："何物老妪，生宁馨儿？"

伧父：时吴人以中州人为"伧"，中州以吴人为"楚"，皆含鄙薄意。"伧父"犹今言"老侉"。

不：同"否"。

何等：亦"什么"，与后世作"如何""多少"讲之"何等"（如"何等痛快"）不同。

承：知。

遽：窘，急。

修刺：写具名片。

讨论

1. 从前官吏出行，不免烦扰，遇到属吏办差不力，还要大发雷霆。所以像褚公这样悄然来去，就值得传为美谈。其实细想起来，官吏往来与商旅何异，若非故意要逞威势，尽可不必嘈嘈也。

2. 这段故事是很好的一篇短篇小说，也可以改编一出独幕剧。试试看。

东厢坦腹

郗太傅在京口，遣门生与王丞相书，求女婿。丞相语郗信，"君往东厢任意选之。"门生归白郗曰："王家诸郎亦皆可嘉。闻来觅婿，咸自矜持。唯有一郎在床上坦腹卧，如不闻。"郗公云："此正好。"访之，乃是逸少，因嫁女与焉。

注解

郗太傅： 郗鉴。

门生： 魏晋之世所谓门生乃门客，非必为弟子也。

信： 使人；恃以为信，故称信使。后世又称书函为"信"，即因为使人所传。

矜持： 故作庄严；拘束，不自然。

逸少： 王羲之，导之族子。

讨论

1. 世称女婿为"东床",本此。此处只云"东厢"及"床上坦腹卧",《晋书·王羲之传》乃云"东床坦腹食"。又有称婿为"坦"乃至称人之婿为"令坦"者,似不免于陋。

2. "因嫁女与焉",此处"焉"字不可云等于"于之",只可云等于"之"。但"与焉"与"与之"毕竟不同,因"焉"字同时亦表一种语气也。

桓玄好缚人

桓南郡好猎。每田狩，车骑甚盛，五六十里中旌旗蔽隰。骋良马，驰击若飞。双甄所指，不避陵壑。或行阵不整，麇兔腾逸，参佐无不被系束。桓道恭，玄之族也，时为贼曹参军，颇敢直言。常自带绛绵绳箸腰中。玄问："此何为？"答曰："公猎，好缚人士，会当被缚。手不能堪芒也。"玄自此小差。

注解

桓南郡： 桓玄，温之少子，嗣父爵为南郡公。

双甄： 军中有左甄右甄，犹今言左翼右翼。狩猎亦如作战，故亦以此为称。《左传》杜注："将猎张两甄。"

麇： 音君，鹿属。

贼曹参军： 参军为州府参佐官名，分曹办事，贼曹是其一。

会当：总有一天要。注意此句已换主语，"你动不动要捆人，我有一天要被捆"。

芒：刺也。缚人用粗绳，绳粗则有刺。故自备绵绳，缚时可免芒刺。

小差：稍愈，略好。谓缚人之事稍减。

讨论

本篇在原书列入规箴门。规箴之事，往往直言难于接受，不如婉转其辞以为讽说，此事是其一例。然讽说邻于讥刺，若措语不慎，转易招怨，则又不如直言之可以邀谅也。

床头捉刀人

魏武将见匈奴使。自以形陋,不足雄远国,使崔季珪代。帝自捉刀立床头。既毕,令间谍问曰:"魏王何如?"匈奴使答曰:"魏王雅望非常,然床头捉刀人,此乃英雄也。"魏武闻之,追杀此使。

注解

魏武:魏王;曹操。在汉封魏公,进魏王,卒谥武。曹丕篡汉,追尊操为武帝。

雄:作动词用,示威也。

崔季珪:崔琰。史称琰"声姿高畅,眉目疏朗,须长四尺,甚有威重"。

捉刀:握刀。

讨论

1. 后世称代行其事为"捉刀",尤以代作文字为然,其语本此。

2. 曹操秉性猜忌,关于这个颇有几个故事,例如"捉放曹"一剧中杀吕伯奢事。但追杀匈奴使者,则似乎未必真,此时曹操对于他的野心已不十分掩饰,且即令匈奴使者识破,亦无何等危险也。

3. 现代的"间谍"和这里所说的"间谍"涵义有无异同?

雪夜访戴

王子猷居山阴。夜大雪，眠觉，开室，命酌酒，四望皎然，因起彷徨，咏左思《招隐》诗。忽忆戴安道；时戴在剡，即便夜乘小船就之。经宿方至，造门不前而返。人问其故，王曰："吾本乘兴而行，兴尽而返，何必见戴？"

注解

王子猷：王徽之，羲之子。

山阴：今浙江省绍兴县。

左思《招隐》诗：左思，西晋时有名文人。《招隐》诗曰："策杖招隐士，荒涂横古今。岩穴无结构，丘中有鸣琴。白云停阴冈，丹葩曜阳林。"

戴安道：戴逵。

造：到。

剡：剡县在今嵊县西南。有剡溪，为曹娥江上游，自山阴可溯流而上。

讨论

雪夜访戴也是很有名的一个故事。这也可以表示当时任性率真之风气。

温峤娶妇

温公丧妇。从姑刘氏,家值乱离散;唯有一女,甚有姿慧,姑以属公觅婚。公密有自婚意,答云:"佳婿难得,但如峤比云何?"姑云:"丧败之馀,乞粗存活,便足慰吾馀年,何敢希汝比。"却后少日,公报姑云:"已觅得婚处。门地粗可,婿身名宦,尽不减峤。"因下玉镜台一枚。姑大喜。既婚交礼,女以手披纱扇,抚掌大笑曰:"我固疑是老奴,果如所卜。"玉镜台是公为刘越石长史北征刘聪所得。

注解

温公:温峤。

从姑:隔房姑母:"刘"当是夫家之姓。

甚有姿慧:又漂亮又聪明。

属:托。

但：只。

如峤比：和我差不多的。

云何：如何，怎么样。此处等于说"要得要不得？"

丧败之馀："幸而经乱未死"之意。

却后：此事之后，过后。却：去，隔。

门地：门第。

粗：马马虎虎。

婿身名宦：身，本人；名，声誉；宦，官职。言"婿身名宦"，对上文门地言。

不减峤：不比我差。

镜台：镜座。古镜铜制，形圆，下承以座，其状当如今之大理石小插屏。

披：推开，拨开。

纱扇：其制不详，大概用为障蔽，故手披纱扇始见夫面。

抚掌：拍手。

老奴：犹言"老东西""老家伙"，盖此时温峤已在中年。

卜：估料。非真占卜也。

刘越石：刘琨。西晋末，中原大乱，琨为并州刺史，旋拜司空，都督并、冀、幽诸州军事，为北方重镇。

长史： 汉惟丞相及诸公府有长史，魏晋以后，刺史多带将军开府者，亦置长史。长史为佐吏之长，其职务有类今之秘书长（武职之参谋长）。

讨论

1. 后世谓成婚为"却扇"，语本此。
2. 这个故事也很有名，富有戏剧的意味，元代关汉卿有《玉镜台》杂剧（《元曲选》甲集）。你能否就本文扩编成一短篇小说。

王蓝田性急

王蓝田性急。尝食鸡子，以箸刺之不得，便大怒，举以掷地。鸡子于地圆转未止，仍下地以屐齿碾之，又不得。瞋甚，复于地取内口中，啮破，即吐之。王右军闻而大笑，曰："使安期有此性，犹当无一豪可论，况蓝田耶？"

注解

王蓝田：王述，袭爵蓝田侯，故称王蓝田。

箸：筷也。

内：同"纳"。

王右军：王羲之，尝官右军将军，故称王右军。

安期：述父承，字安期，冲淡寡欲，为政清静，有名于时。

无一豪可论：不足道；无可取。"豪"同"毫"，一毫犹今言一点。

讨论

1. 王述和他同时一般人的性格不同,是方正刚强一流人,《世说新语》中还记有他几件事:如桓温求他的孙女做儿媳,他坚持不许;又如他拜尚书令不作照例的辞让,他的儿子王坦之(文度)告诉他应该让,蓝田云:"汝谓我堪此不?"文度曰:"何为不堪?但克让自是美事,恐不可阙。"蓝田慨然曰:"既云堪,何为复让?人言汝胜我,定不如我。"这也很可以表现他的性格。但吃一鸡子闹得暴跳如雷,则大可不必耳。

2. 你的朋友当中有无性急的人?或有别种古怪脾气的?你能描写他一件事情吗?

3. 注意"举以掷地""取内口中,啮破"等句子省去许多"之"字,白话中是否也是如此?

王蓝田自制

谢无奕性粗强。以事不相得,自往数王蓝田,肆言极骂。王正色面壁,不敢动,半日,谢去良久,转头问左右小吏曰:"去未?"答云:"已去。"然后复坐。时人叹其性急而能有所容。

注解

谢无奕:谢奕,字无奕,谢安兄,谢玄父。

不相得:闹翻。

数:诘责,数落。

肆言:纵言,痛快地说。

复坐:复正面而坐也。

讨论

1.王述自知性急,却能设法抑制,这也就很可佩服。古人有"佩韦""佩弦"之说,是什么意思?

2. 注意问句用"不?"(见第十三节"牛屋贵客")和"未?"的说法,这是先秦文字中不经见的。

国史补

李肇

《国史补》三卷，三百又八事，唐李肇撰。自序云："昔刘悚集小说涉南北朝至开元，著为《传记》。予自开元至长庆撰《国史补》……续《传记》而有不为：言报应，叙鬼神，征梦卜，近帷箔，悉去之；纪事实，探物理，辨疑惑，示劝戒，采风俗，助谈笑则书之。"今选录十则，据学津讨原本传写。间有误字，如"兖公答参军"节，"卑吏犯公"，"公"误作"某"，"李廙有清德"节，"延至寝室"，"寝"误作"晏"，皆依《太平广记》所引改正。其书文辞朴质，记事亦有凡琐不足道者，然如所录一、四、五、七诸节，亦复甚有情致也。

兖公答参军

陆兖公为同州刺史,有家僮遇参军不下马。参军怒,欲贾其事,鞭背见血。入白兖公,曰:"卑吏犯公,请去官。"公从容谓曰:"奴见官人不下马,打也得,不打也得。官人打了,去也得,不去也得。"参军不测而退。

注解

陆兖公:陆象先,唐中宗至玄宗时人,历官内外,景云中为宰相,后封兖国公。史称象先为政尚仁恕,尝云:"天下本无事,庸人扰之为烦耳。"此语至今传诵(下句作"庸人自扰之")。

贾其事:据文义应是"张大其事"之意,但字书无此解。

卑吏:参军自称,犹后世之称"卑职"。

请去官:自请免职。注意文言"请"字用法与白话不同处。

得：可也。"得"字此种用法，本于唐宋时口语；此句文言应作"打亦可，不打亦可"，现在的口语又作"打也好，不打也好"。

不测：不测其意。

讨论

1. 参军为何发怒？参军对于刺史是何种关系？刺史的家僮见了参军又应该如何？

2. 参军自请免职，根据何种理由？用意何在？如何是"欲贾其事"？

3. "官人"在此处作何解？等于"官吏"（第三身），还是等于"您"（第二身）？"官人"一词，后世小说中常见，其应用范围又如何？（参阅《鸡肋编》"迪功郎"节注）

4. 陆宣公回答的话究是何意？若是你遇见这件事，你如何回答？

王积薪闻棋

王积薪棋术功成，自谓天下无敌。将游京师，宿于逆旅。既灭烛，闻主人媪隔壁呼其妇曰："良宵难遣，可棋一局乎？"妇曰："诺。"媪曰："第几道下子矣。"妇曰："第几遭下子矣。"各言数十。媪曰："尔败矣。"妇曰："伏局。"积薪暗记，明日覆其势，意思皆所不及也。

注解

难遣： 难以消遣。"遣"本是"送"的意思，"消遣"就是"磨时光"，"把时间送走"。

棋一局： "棋"字用作动词。

伏局： 服输之意。

覆其势： 照暗记的次序一一下子，覆验那盘棋的局势。

意思： 用意之深；下子之妙。

讨论

1. 此事又见《太平广记》卷二二八，云出《集异记》。篇首云玄宗幸蜀，翰林善棋者王积薪奔赴行在云云，与此处所云棋术功成，将游京师者异。所记较详而趣，节录后半所增情节，以资比较：……积薪一一密记其子，止三十六。忽闻姑曰"子已败矣，吾止胜九枰耳"。妇亦甘焉。积薪迟明请问，妇乃指示攻守、杀夺、救应、防拒之法，其意甚略。积薪即更求其说。孤姥笑曰："止此亦无敌于人间矣。"……自是积薪之艺绝无其伦。即布所记妇姑对敌之势，罄竭心力，较九枰之胜，终不得也。

2. 关于古今棋人之轶事曾有所闻否？或关于其他巧艺之故事？

3. 俗语云"强中更有强中手"，何意？读过类此之故事否？（《秦淮健儿传》，此类故事甚多。）

李廙有清德

　　李廙为尚书左丞,有清德。其妹,刘晏妻也。晏方秉权。尝造廙宅,延至寝室。见其门帘甚弊,乃令潜度广狭,以粗竹织成,不加缘饰,将以赠廙。三携至门,不敢发言而去。

注解

清德:清廉之操。

刘晏:唐肃宗时任户部侍郎,度支、铸钱、盐铁等使,历官肃、代、德三朝,以善于理财著称。后为杨炎所诬,贬死。

缘饰:用布滚边。

讨论

1.廉介自来列为美德。孟子云:"非其义也,非其道也,一介不以与人,一介不以取诸人。"然廙与晏既为至戚,假如晏竟以粗竹之帘进,则廙受之为是,拒之为是?

2."令"等于"令人","令"字后面之宾语常常省去,直接第二动词。

刘颇偿瓮直

渑池道中有车载瓦瓮，塞于隘路。属天寒，冰雪峻滑，进退不得。日向暮，官私客旅群队，铃铎数千，罗拥在后，无可奈何。有客刘颇者，扬鞭而至，问曰："车中瓮直几钱？"答曰："七八千。"颇遂开囊取缣，立偿之。命僮仆登车，断其结络，悉推瓮于崖下。须臾，车轻得进，群噪而前。

注解

渑池：在今河南省，陇海路过之，自古为东西通道。

属：（音烛）适逢。

向：将。

官私：今言"公私"。

铃铎：牛马驾车，项系铃铎，使对面来车闻声可以相避。此处即以"铃铎"代"车马"，修辞学上谓之

"借代格"。

罗拥：罗，环绕（比较"罗拜"）。

讨论

1. 当时情形，除毁瓮使车轻得进外，有其他办法否？若无豪士解囊，亦有他法偿瓮值否？
2. 既曰"瓮直几钱？"即是以钱计值，何故以缣偿之？（古代多有用布帛为货币者，如魏文帝罢五铢钱，使百姓以谷帛为市买；晋安帝时亦有废钱用谷帛之议；梁初唯京师及三吴、荆、郢、江、湘、梁、益用钱，其余州郡则杂以谷帛市易。唐代钱帛兼行，开元二十年诏曰："绫罗绢布杂货等交易皆合通用。如闻市肆必须见钱，深非道理。自今以后，与钱货兼用。"事实上例证甚多，如本篇以缣偿瓮值，下"李勉"篇故囚偿缣千匹，又如"崔昭"篇以官绅行贿，亦犹之赠钱也。）

崔膺性狂率

崔膺性狂率。张建封美其才,引以为客。随建封行营,夜中大呼惊军,军士大怒,欲食其肉。建封藏之。明日置宴,其监军使曰:"某与尚书约,彼此不得相违。"建封曰:"诺。"监军曰:"某有请,请崔膺。"建封曰:"如约。"逡巡,建封复曰:"某有请。"监军曰:"唯"。"却请崔膺。"合座皆笑。然后得免。

注解

狂率:率,率性也,如言坦率,率略。

张建封:唐德宗时为徐泗濠节度使,镇徐州,治军为政皆有美誉。

监军使:唐开元中始以宦官为监军,以迄唐末;往往持权,节度使反出其下。

尚书:唐制,节度观察诸使皆为差遣,凡除授者必带京职，建封时带检校尚书右仆射。

逡巡：本训"却退"，此处有"有间"（过会儿）意。

讨论

1. 本篇记一幽默故事。幽默之感起于事实之不调和，此处不调和之点何在？

2. "美其才"的"美"字用法有何特异处？试更举他例。

3. 军士是否真欲食崔膺之肉？此种说法属于修辞学上所谓"夸张格"，可留意其他例句。

4. 监军之"请崔膺"，请得自由处置崔膺，建封之"请崔膺"，请免处置。同一"请"字，涵义不同；而俱与白话"请"字异。

任迪简呷醋

任迪简为天德军判官,军宴后至,当饮觥酒。军吏误以醋酌。迪简以军使李景略严暴,发之则死者多矣,乃强饮之,吐血而归。军中闻者皆感泣。后景略因为之省刑。及景略卒,军中请以为主。自卫佐拜御史中丞为军使。后至易定节度使。时人呼为呷醋节帅。

注解

任迪简:唐德宗、宪宗时人,为政仁恕,治军与士卒共甘苦,《唐书》入《良吏传》。

天德军:在今绥远省五原县境。德宗贞元十二年以天德军置都团练防御使。

判官:唐制于节度、观察、防御等使下皆置"判官"。

强:(上声)勉强。

拜御史中丞为军使:御史中丞是其京职;军使是其实任。

史云"自殿中侍御史授兼御史大夫",不云"中丞"。按御史大夫是节度使兼衔,防御使官阶较低,应以《国史补》所载兼御史中丞为合。

易定节度使:即义武军节度使。其全称应为"义武军节度易定观察等使"。节度治军,观察理民,以一人兼之。易、定,二州名,易州今河北省易县,定州今河北省定县。

讨论

1. 后至饮䩄酒,何意?今有此风否?
2. "军中请以为主"者,军帅本由朝廷简选,唐代自安史乱后,藩镇权重,镇将乃往往由将士拥立也。近代有同类事例否?
3. 因为之:"因"是"因此"之省,"为之"就是"为此",所以此处语意微嫌重复。
4. "强"字由强弱之义(形容词)转为以强力加人之义(外动词),如"强之而后可",更转为勉强之义(副词)。此类词义转变,其例甚多,宜随时留意。

崔昭行贿事

裴佶常话：少时姑父为朝官（不记名姓），有雅望。佶至宅看其姑，会其朝退，深叹曰："崔昭何人，众口称美？此必行贿者也。如此安得不乱？"言未竟，阍者报寿州崔使君候谒。姑父怒呵阍者，将鞭之。良久，束带强出。须臾，命茶甚急，又命酒馔，又令秣马、饭仆。姑曰："前何倨而后何恭也！"及入门，有得色，揖佶曰："且憩学院中。"佶未下阶，出怀中一纸，乃昭赠官绢千匹。

注解

常：通"尝"。

朝退：上朝回来。

寿州崔使君：昭时为寿州刺史。

束带：代表更衣，不仅束带一事也。燕居则便服，故必更衣而后见客。

命茶：命人奉茶。

有得色：有得意之容。

学院：犹言书房。

官绝（音施）：粗绌。《唐书·食货志》："丁岁输绫绌二丈"；此言"官绌"，殆即合于输官标准之意（比较近代之"官纱"）。

讨论

1. 本篇亦有幽默成分，何者是？

2. "良久，束带强出。须臾，命茶甚急"，"良久"与"须臾"相映成趣。"揖佶曰：且憩学院中"，不欲佶知其纳贿也，但佶未下阶而已探怀出纸，其得意忘形可知。此等皆刻画入微处。

3. "出怀中一纸"，乃姑父探怀出纸，不承上文"佶"字。文言省略主语，间有易滋误会处，此处则文义甚明显。

4. 昭赠官绌千匹，何以仅是一纸？

王锷散货财

王锷累任大镇，财货山积。有旧客诫锷以积而能散之义。后数日，客复见锷。锷曰："前所见教，诚如公言。已大散矣。"客曰："请问其目。"锷曰："诸男各与万贯，女婿各与千贯矣。"

注解

王锷：德宗时人。出身卒伍，终为宰相。史称其"性纤啬。有所营作，虽碎琐无所遗。每燕飨，辄录其馀，卖之以收利。故其家钱遍天下"。

请问其目：愿闻其详。

讨论

1. 何谓"积而能散"？马援尝曰："凡殖货财，贵其能施赈也。否则守财虏耳。"此语可供参考。

2."财货山积"之"山"字用法有何特异处？试更举他例。

3.本篇之幽默处何在？

故囚报李勉

或说天下未有兵甲时，常多刺客。李汧公勉为开封尉，鞫狱。狱囚有意气者，感勉求生，勉纵而逸之。后数岁，勉罢秩客游河北，偶见故囚。故囚喜，迎归厚待之。告其妻曰："此活我者，何以报德？"妻曰："偿缣千匹可乎？"曰："未也。"妻曰："二千匹可乎？"亦曰："未也。"妻曰："若此，不如杀之。"故囚心动。其仆哀勉，密告之。勉衩衣乘马而逸。比夜半，行百馀里，至津店。店老父曰："此多猛兽，何敢夜行？"勉因话言。言未毕，梁上有人瞥下，曰："我几误杀长者。"乃去。未明，携故囚夫妻二首以示勉。

注解

李勉：天宝中以宗室近属为开封尉，代宗时为岭南节度使，有政声。封汧国公，迁滑亳节度。德宗时入相。

天下未有兵甲时：指天宝以前。

感：动之以言词。

衩衣：内衣，便衣。

津店：津渡处之旅店。

瞥：迅速貌。

讨论

1. 这个故事经明人编为"李汧公穷邸遇侠客"，收入《醒世恒言》，后又采入《今古奇观》。
2. 故囚之妻劝其夫杀李勉，其理由何在？
3. 李勉衩衣乘马而逸，即不穿外衣。为什么？
4. 本篇之幽默处何在？

僧荐重元阁

苏州重元寺阁一角忽垫。计其扶荐之功，当用钱数千贯。有游僧曰："不足劳人。请一夫斫木为楔，可以正也。"寺主从之。僧每食毕，辄持楔数十，执柯登阁，敲柭其间。未逾月，阁柱悉正。

注解

垫：陷。

扶荐：荐，衬垫也（"草荐"本此），此处谓扶屋使正，而以土石垫其陷处，今俗语犹用"荐"。

游僧：俗称游方和尚，即非本寺常住之僧。僧家有"行脚"之制，游行十方，寻访师友，求法证悟。

楔：木片之一边厚一边薄者，用以填补罅隙，俗谓之"揳"。

执柯：柯，斧柄也，执柯犹言执斧。以"柯"代"斧"，以部分代全体，亦"借代格"之一种。

讨论

1. 寺阁之角何以忽陷?
2. 曾见扶荐房屋实际施工否？能叙其程序否?
3. 游僧用楔校正阁柱，其理何在?

梦溪笔谈

沈括

《梦溪笔谈》二十六卷，宋沈括撰。括字存中，嘉祐八年进士，熙宁中官至翰林学士，龙图阁待制。晚岁卜居润州，命所居曰"梦溪"。括在北宋，学问最为博洽，不独掌故、时政，皆所详究，于天文、方志、律历、音乐、医药、卜算，亦无所不通。史称其初官沭阳主簿，疏渠作堰，得上田七千顷。官中允日，提举司天监，始置浑仪、景表、五壶浮漏；又尝使辽议界，保全疆土；其后出知延州，督民习射，收溃兵，斩败将。是则不独学问足称，亦有事功可见。《笔谈》一书，翔实通澈，亦非徒事诵览者所能为。其书自故事、考证以至技艺、器用，所涉甚广，今摘取经世格物者若干则，未足以尽《笔谈》之美也。移录所据为四部丛刊续编本，此本虽出宋刊，间有误字，则依学津本校正。重印时参考文物出版社影印元大德刊本、中华书局排印胡道静校注本。

刘晏计物价

刘晏掌南计，数百里外物价高下，即日知之。人有得晏一事，予在三司时尝行之于东南。每岁发运司和籴米于郡县，未知价之高下，须先具价申禀，然后视其贵贱：贵则寡取，贱则取盈。尽得郡县之价，方能契数行下；比至，则粟价已增。所以常得贵售。晏法则令多粟通途郡县，以数十岁籴价与所籴粟数高下各为五等，具籍于主者（今属发运司）。粟价才定，更不申禀，即时廪收。但第一价则籴第五数，第五价则籴第一数，第二价则籴第四数，第四价则籴第二数。乃即驰递报发运司。如此，粟贱之地自籴尽极数，其余节级各得其宜，已无极售。发运司仍会诸郡所籴之数计之：若过于多，则损贵与远者；尚少，则增贱与近者。自此粟价未尝失时，各当本处丰俭。即日知价，信皆有术。

注解

刘晏：唐中叶人，历官肃、代、德三朝，领度支、盐铁、租庸、常平等使，同中书门下平章事，精神明敏，为一代能臣。安史乱后，民生凋敝，国用窘乏，卒赖晏力，渐得苏复。

南计：理财有赖于计算，故国家之财政称"国计"，汉张苍为"计相"，宋三司号"计省"，经济学初入中国时亦有人译"计学"。刘晏掌财计有年，但何以称"南计"，未详。

三司：唐于户部外置盐铁、度支等使，后唐以盐铁、度支、户部为三司，天下财计皆归之，署三司使总之。宋初沿其制，元丰改官制，始罢三司，归户部。沈括熙宁中拜翰林学士，权三司使。

发运司：宋设发运使，掌经度山泽财货之源，漕运淮、浙、江、湖六路储廪，以输中都。

和籴：出官收钱以籴民粟，谓之"和籴"，犹今之"收购"。其制始于北魏，唐宋皆行之。

契数行下：契数，核定数额；行下，行文下郡县。

贵售、极售：此处"售"字皆应作"价"字讲。

具籍：籍，簿籍；具籍，犹言"存案"。

讨论

1. "第一价则籴第五数，第五价则籴第一数"数句之意完全了解否？此为本篇所记和籴法之要点。

2. "粟价未尝失时，各当本处丰俭"，两语概括此法之优点。然是否可以当"即日知价"四字？在当时之交通情况之下，有无较此更善之办法？在今日交通方便之时代，是否仍有采用此法之需要？现代收购粮食之实施要点有所知否？试记之。

3. "多粟通途"郡县为"多粟而通途之郡县"，抑"多粟郡县与通途郡县"？下文词语有可参证者否？

陕西盐法

陕西颗盐，旧法官自般运，置务拘卖。兵部员外郎范祥始为钞法：令商人就边郡入钱，四贯八百售一钞，至解池请盐二百斤，任其私卖。得钱以实塞下，省数十郡般运之劳。异日辇车牛驴以盐役死者，岁以万计，冒禁抵罪者不可胜数，至此悉免。行之既久，盐价时有低昂。又于京师置都盐院，陕西转运司自遣官主之：京师食盐斤不足三十五钱，则敛而不发，以长盐价；过四十则大发库盐，以压商利；使盐价有常而钞法有定数。行之数十年，至今以为利也。

注解

般：今作"搬"。

拘卖：宋人语，即发卖之意。

务：收税之处为"务"，其后市易之场亦称"务"。

解池：在山西解县与安邑县之间，盛产盐，世称"解盐"，为池盐中之最著者。其地在宋时属陕西路。

异日：同"他日"，有将来及已往两义，此处指往日。

冒禁：冒，犯也。"冒险"之"冒"亦同此意。

讨论

1. "使盐价有常而钞法有定数"何解？盐价何以有低昂？盐价低昂如何影响钞法？

2. 注意"就边郡入钱"句之"入"字与"得钱以实塞下"句"实"字之用法。

范文正荒政

皇祐二年，吴中大饥，殍殣枕路。是时范文正领浙西，发粟及募民存饷，为术甚备。吴人喜竞渡，好为佛事。希文乃纵民竞渡，太守日出宴于湖上，自春至夏，居民空巷出游。又召诸佛寺主首谕之曰："饥岁工价至贱，可以大兴土木之役。"于是诸寺工作鼎兴。又新敖仓吏舍，日役千夫。监司奏劾：杭州不恤荒政，嬉游不节，乃公私兴造，伤耗民力。文正乃自条叙：所以宴游及兴造，皆欲以发有馀之财，以惠贫者；贸易、饮食、工技、服力之人，仰食于公私者，日无虑数万人；荒政之施，莫此为大。是岁两浙唯杭州晏然，民不流徙，皆文正之惠也。岁饥发司农之粟，募民兴利，近岁遂著为令。既已恤饥，因之以成就民利：此先王之美泽也。

注解

范文正：范仲淹，宋名臣。希文，其字。

皇祐：宋仁宗年号。

领浙西：范仲淹皇祐初以给事中知杭州。北宋时凡知杭州者例兼领两浙西路兵马钤辖。

鼎兴：鼎，本训"方""正"。因"鼎盛"为一常用之熟语，此处遂以"鼎"为"盛"义。

敖仓：敖，地名，秦时以敖地为仓，故称敖仓（《史记》："汉王军荥阳，取敖仓"）。后人乃以"敖仓"为"仓"义，盖循习之误。

监司：宋置诸路转运使，兼带按察之任，谓之监司。

无虑：本义为大率，不待计虑而可知也。但通常有"不下""不减"义。

莫此为大：莫大于此。

司农：汉有大司农之官，掌钱谷之事。

先王：谓"禹、汤、文、武"，儒家之理想的君主。

讨论

1. 范文正谓"所以宴游及兴造，皆欲以发有馀之财"，何以发有馀之财即足以救荒？若使无足食之粟，则即使有有馀之财，足以疗饥否？救荒之道，不外"输粟就民"与"徙民就粟"之二途，孟子所云"河内凶，则移其民于河东，移其粟于河内"是也。但在私有财产之社会，是否可以任意移其民或移其粟？若不藉助于宴游及兴造，有他法可以使粮食出现于市场否？

2. 何谓"工赈"？"工赈"与"施赈"之得失若何？

3. 注意"新敖仓吏舍"句"新"字之用法。

4. 注意"所以"一词在文言中用法与白话中不同。

5. "杭州不恤荒政"句，"杭州"代表"知杭州事"，凡一地之"刺史""太守"等等皆可以其地名兼括，此种用法直至清末犹然。古时更可附于姓之下，作曾任其职者之别号，如刘备称"刘豫州"。

地图

熙宁中，高丽入贡，所经州县，悉要地图。所至皆造送：山川道路，形势险易，无不备载。至扬州，牒州取地图。是时丞相陈秀公守扬，给使者欲尽见两浙所供图，仿其规模供造。及图至，都聚而焚之，具以事闻。

注解

陈秀公：陈升之，宋仁宗，神宗时人。神宗初年为相，与王安石不合，出判扬州。封秀国公。

讨论

1. "牒州取地图"之"牒"，名词转为动词。
2. "具以事闻"之下，隐含"于朝"二字。

边防

瓦桥关，北与辽人为邻，素无关河为阻。往岁六宅使何承矩守瓦桥，始议因陂泽之地潴水为塞。欲自相视，恐其谋泄。日会僚佐，泛舟置酒，赏蓼花；作蓼花吟数十篇，令座客属和，画以为图。传至京师，人莫谕其意。自此始壅诸淀。庆历中，内侍杨怀敏复踵为之。至熙宁中，又开徐村、柳庄等泺，皆以徐、鲍、沙、唐等河，叫猴、鸡距、五眼等泉为之原：东合滹池、漳、淇、易、白等水并大河。于是自保州西北沉远泺，东尽沧州泥枯海口，凡八百里，悉为潴潦，阔者有及六十里者，至今倚为藩篱。或谓侵蚀民田，岁失边粟之入。此殊不然。深、冀、沧、瀛间，惟大河、滹池、漳水所淤，方为美田。淤淀不至处，悉是斥卤，不可种艺。异日惟是聚集游民，刮碱煮盐，颇干盐禁，时为寇盗。自为潴泺，奸盐遂少，而鱼蟹菰苇之利，人亦赖之。

注解

瓦桥关：在今雄县南易水上。

六宅使：宋皇城诸司使有六宅使，为武职。

何承矩：《宋史》无传，《李允则传》中云真宗时承矩为河北缘边安抚使，守雄州，后荐允则为代。观此篇所记，亦边守中之佼佼者。

陂泽：陂本谓泽旁之岸。陂泽合称，泛指沼泽之地。

相：（去声）视察，如云"相面""相亲"。

属和：属，附也。和诗者与原诗用同一题目，同一体制，甚或步其原韵。

内侍：宦官。

踵为：追踵其后而为之。

原：同源。

大河：黄河。宋代河道与今异，参阅下"合龙门"条注。

保州：元保定路，明清保定府。

深冀沧瀛：深州，今深县；冀州，今冀县；沧州，今沧县；瀛州，今河间县。皆在今河北省东南部。

斥卤：土质含盐分多，不能耕种者。

刮碱：盐卤凝着地面，刮取煮炼以为盐。

奸盐：犹今云私盐。

讨论

1. 北宋盛时，虽与辽人通好，仍讲求边防，不遗馀力，此篇与下篇皆可为例。

2. 深、冀、沧、瀛间何以多斥卤之地？经河水淤淀，何以便成美田？

雄州北城

李允则守雄州。北门外民居极多,城中地窄,欲展北城。而以辽人通好,恐其生事。门外旧有东岳行宫,允则以银为大香炉,陈于庙中,故不设备。一日银炉为盗所攘,乃大出募赏,所在张榜,捕贼甚急。久之不获,遂声言庙中屡遭寇,课夫筑墙围之。其实展北城也。不逾旬而就。虏人亦不怪之。则今雄州北关城是也。大都军中诈谋,未必皆奇策,但当时偶能欺敌而成奇功。时人有语云:"用得着,敌人休;用不着,自家羞。"斯言诚然。

注解

李允则:宋真宗时人,历知沧、瀛、雄、奖等州。史称其"在河北二十馀年,事功最多,其方略设施,虽寓于游观亭传间,后人亦莫敢隳"。

雄州：令河北省雄县。

所在：到处，处处。

张榜：张贴布告。

课夫：征工。

则今："则"与"即"古时常通用。

讨论

1. 军中有诈谋，史传所记甚多，小说中所云"锦囊妙计"亦有可传者，能略举一二否？

2. 下列诸事，有不知者，试查阅史籍或普通参考书：孙膑减灶，虞诩增灶，范蠡蒸粟，弦高饩牛，孙膑题树，韩信囊沙，李广解鞍，诸葛空城，唱筹量沙（檀道济），缚羊击鼓（毕再遇）。

乘隙

濠州定远县一弓手，善用矛，远近皆服其能。有一偷亦善击刺，常蔑视官军，唯与此弓手不相下。曰："见必与之决生死。"一日弓手者因事至村步，适值偷在市饮酒，势不可避，遂曳矛而斗。观者如堵墙。久之，各未能进。弓手者忽谓偷曰："尉至矣，我与汝皆健者，汝敢与我尉马前决生死乎？"偷曰："诺。"弓手应声刺之，一举而毙，盖乘其隙也。

又有人曾遇强寇斗。矛刃方接，寇先含水满口，忽噀其面，其人愕然，刃已揕胸。后有一壮士，复与寇遇。已先知噀水之事，寇复用之。水才出口，矛已洞颈。盖已陈刍狗，其机已失，恃胜失备，反受其害。

注解

濠州定远县：濠州，今安徽凤阳县；定远县今同，旧属凤阳府。

不相下：不相退让；你不服我，我不服你。

村步：步，今通作"埠"，码头也。

尉：汉于县令之下置尉，主捕盗贼察奸宄，其后历代相沿。犹今之公安局长。

已陈刍狗：结刍为狗，巫祝用之。《庄子·天运篇》："夫刍狗之未陈也，盛以箧衍，巾以文绣，尸祝斋戒以敬之。及其已陈也，行者践其首脊，苏者取而爨之而已。"

讨论

1. 所谓"乘隙"，以现代之心理学言之若何？

2. "势不可避"，"势"谓"于势"，非"不可避"之主语。比较：法无可恕，情有可原。

3. 注意"弓手者"的"者"字之用法。

4. "已陈刍狗"即俗所谓"识破机关"也，见闻中有类此之事否？

梦溪笔谈　　89

赫连城

延州故丰林县城,赫连勃勃所筑,至今谓之赫连城,紧密如石,劚之皆火出。其城不甚厚,但马面极长且密。予亲使人步之,马面皆长四丈,相去六七丈。以为马面密则城不须太厚,人力亦难兼也。予曾亲见攻城:若马面长,则可反射城下攻者;兼密,则矢石相及;敌人至城下,则四面矢石临之。须使敌人不能到城下,乃为良法。今边城虽厚,而马面极短且疏。若敌人可到城下,则城虽厚,终为危道。其间更多刓其角,谓之"团敌",此尤无益:全藉倚楼角以发矢石,以覆护城脚。但使敌人见备处多,则自不可存立。赫连之城深为可法也。

注解

延州故丰林县:延州,今延安县。丰林,隋唐旧县,宋废,在今延安县东南。

赫连勃勃:匈奴旗人,东晋时割据北方者之一,国号夏。

劘:斫也。

马面:城墙凸出之处。

刓:削,特指削方以为圆。

讨论

1. 所曾居住及经过之城,其城垣有雄伟可记者否?
2. 城垣在现代战争中之价值何如?

滉柱

钱塘江，钱氏时为石堤，堤外又植大木十馀行，谓之"滉柱"。宝元、康定间，人有献议，取滉柱可得良材数十万。杭帅以为然。既而旧木出水，皆朽败不可用，而滉柱一空，石堤为洪涛所激，岁岁摧决。盖昔人理柱以折其怒势，不与水争力，故江涛不能为患。杜伟长为转运使，人有献说：或浙江税场以东，移退数里，为月堤以避怒水。众水工皆以为便，独一老水工以为不然，密谕其党曰："移堤则岁无水患，若曹何所衣食？"众人乐其利，乃从而和之。伟长不悟其计，费以巨万，而江堤之害仍岁有之。近年乃讲月堤之利，涛害稍稀，然犹不若滉柱之利。然所费至多，不复可为。

注解

钱氏时：五代时，两浙为吴越国钱氏所有。

宝元、康定：皆宋仁宗年号。

讨论

1. 木柱能护石堤，其理若何？月堤之作用何在？关于河流侵蚀堤岸之现象有所知否？
2. 老水工之言何如？此种心理现在社会中犹有其例否？
3. "人有献说"在白话中如何说？比较"人有"与"有人"之词序先后。
4. "溉柱一空"之"一"字何解，比较"耳目一新"。

合龙门

庆历中河决北都、商胡，久之未塞。三司度支副使郭申锡亲往董作。凡塞河决，垂合，中间一埽，谓之"合龙门"，功全在此。是时屡塞不合。时合龙门埽，长六十步。有水工高超者献议：以为埽身太长，人力不能压，埽不至水底，故河流不断，而绳缆多绝。今当以六十步为三节，每节埽长二十步，中间以索连属之：先下第一节，待其至底，方压第二第三。旧工争之，以为不可，云：二十步埽不能断漏，徒用三节，所费常倍，而决不塞。超谓之曰：第一埽，水信未断，然势必杀半；压第二埽，止用半力，水纵未断，不过小漏耳；第三节乃平地施工，足以尽人力处置。三节既定，即下两节自为浊泥所淤，不烦人功。申锡主前议，不听超说。是时贾魏公帅北门，独以超之言为然，阴遣数千人于下流收漉流埽。既定而埽果流,而河决愈甚。申锡坐谪,卒用超计,商胡方定。

注解

庆历:宋仁宗年号。

北都商胡:宋以大名为北京。商胡在今濮阳县东。

董作:监工。董,监督。

垂:将,快要。

信:诚,固。

杀:减。

贾魏公:贾昌朝,真宗、仁宗时人,英宗时封魏国公。河决商胡时,昌朝方判大名府,兼河北安抚使。

北门:喻"北京"。

㴸:此处当为"于水中拦止"之意。

坐:"坐"下省"此"字。入于罪曰"坐",如云"连坐""反坐"。"坐此",因此事而获罪也。

讨论

1.河决商胡,为北宋一大事。王莽始建国三年河决魏邦,泛清河、平原、济南至千乘入海。后汉明帝永平中王景修之，遂为大河之经流。语其方位，与今之河道相近。宋仁宗庆历八年，河决商胡埽，其后分为二派：北流合永济渠，至乾宁军（今青县）入海，为大河正溜；东流合马颊河至无棣县入海。其后屡议塞商胡，复故道，而不果行，未闻合口。此篇末云"卒用超计，商胡方定"，未详。

2. "埽"有二义。一为修堤之特种材料。《宋史·河渠志》云：凡伐芦荻谓之"芟"，伐山木榆柳枝叶谓之"梢"，辫竹纠芟为"索"。以竹为巨索，长十尺至百尺有数等。先择宽平之所为埽场。"埽"之制：密布芟索，铺梢，梢芟相重，压之以土，杂以碎石，以巨竹索横贯其中，谓之"心索"，卷而束之。复以大芟索系其两端，别以竹索自内旁出。其高至数丈，其长倍之。凡用丁夫数百或千人，杂唱齐挽，积置于卑薄之处，谓之"埽岸"。既下，以橛臬阁之，复以长木贯之。其竹索皆埋巨木于岸以维之。又积埽而成之堤，亦称"埽"，《河渠志》于上引文之下复云："凡缘河诸州：孟州有河南北凡二埽，开封府有阳武埽……澶州有濮阳、大韩、大吴、商胡、王楚、横陇、曹村、依仁、大北、冈孙、陈固、明公、王八凡十三埽……"

3. 依此篇所记，埽之下水，可分上中下三节，则所云"埽长六十步"及"埽身太长"之"长"皆志所谓"高"也。

活板

　　板印书籍，唐人尚未盛为之。自冯瀛王始印五经，已后典籍皆为板本。庆历中有布衣毕昇，又为活板。其法：用胶泥刻字，薄如钱唇，每字为一印，火烧令坚。先设一铁板。其上以松脂、蜡、和纸灰之类冒之。欲印，则以一铁范置铁板上，乃密布字印，满铁范为一板，持就火炀之；药稍熔，则以一平板按其面，则字平如砥。若止印二三本，未为简易；若印数十百千本，则极为神速。常作二铁板，一板印刷，一板已自布字，此印者才毕，则第二板已具，更互用之，瞬息可就。每一字皆有数印，如"之""也"等字，每字有二十余印，以备一板内有重复者。不用则以纸贴之，每韵为一贴，木格贮之。有奇字素无备者，旋刻之，以草火烧，瞬息可成。不以木为之者，文理有疏密，沾水则高下不平，兼与药相粘不可取，不若燔土。用讫，再火令药熔，以手拂之，其印自落，终不沾污。昇死，其印为予群从所得，至今宝藏。

注解

冯瀛王：冯道，五代时历事唐、晋、汉、周四朝，卒后追封瀛王。

已后："已"同"以"。

布衣：无官职者。

胶泥：粘土。

钱唇：钱之边缘。

冒：铺，盖。

范：框。

药：指上文"松脂、蜡"之类。

旋：临时，今作"现"，如"现买""现做"。

群从：族中兄弟。

讨论

1. 关于中西印刷术之历史与现状，所知若何？试就现在通常之排版印刷作一小记，详述其程序。

2. 活板与雕板比较，其利弊得失何如？

3. 活板印书，中国发明较西洋为早，然西洋即以此为印板之常，而中国仍以雕板为主，其故何在？与东西文字之殊异有关否？

4. 篇中云"每韵为一贴"，于韵之分别有所知否？中国字书最早者为《说文解字》，用部首分类，而其后字书多用韵部分，何故？其后何以又舍韵部而用部首？始于何书？新出字书仍有韵部者，如《辞通》，此又何故？

正午牡丹

藏书画者多取空名，偶传为钟、王、顾、陆之笔，见者争售。此所谓"耳鉴"。又有观画而以手摸之，相传以谓色不隐指者为佳画。此又在耳鉴之下，谓之"揣骨听声"。欧阳公尝得一古画牡丹丛，其下有一猫。未知其精粗。丞相正肃吴公与欧公姻家，一见，曰："此正午牡丹也。何以明之？其花披哆而色燥，此日中时花也。猫眼黑睛如线，此正午猫眼也。有带露花，则房敛而色泽。猫眼早暮则睛圆，日渐中狭长，正午则如一线耳。"此亦善求古人笔意也。

注解

钟、王、顾、陆： 钟繇，王羲之善书；顾恺之，陆探微善画。

售： 此处应作"买"讲。

色不隐指： 手指摸得出。

揣骨听声： 相法之一种，不相其面，而摸其骨格听其语声，以判贵贱。

正肃吴公： 吴育，朱仁宗时人，仕至资政殿大学士，卒谥正肃。

哆： 放，张。

房： 花房，即花冠。

讨论

1. "耳鉴"与"揣骨听声"之病，世间多有，不独于书画为然，能别举一例否？

2. 所见艺术品中有精妙可记者否？

3. 关于名画之传说甚多，附录与此相类者一事，以资谈助：米老（芾）酷嗜书画，在涟水时，客鬻戴嵩《牧牛图》，元章借留数日，以摹本易之而不能辨。后客持图乞还真本，元章怪而问之，曰"尔何以别之？"客曰："牛目有童子影，此则无也。"（《清波杂志》）

以大观小

李成画山上亭馆及楼塔之类，皆仰画飞檐。其说以谓自下望上，如人平地望塔，檐间见其榱桷。此论非也。大都山水之法，盖以大观小，如人观假山耳。若同真山之法，以下望上，只合见一重山，岂可重重悉见，兼不应见其溪谷间事。又如屋舍，亦不应见其中庭及后巷中事。若人在东立，则山西便合是远境；人在西立，则山东却合是远境。似此如何成画？李君盖不知以大观小之法，其间折高折远，自有妙理，岂在掀屋角也？

注解

李成：五代末宋初人，工画山水。

榱桷：屋椽。

讨论

"以大观小"当讲作"把大的看成小的",若作"拿大的看小的"讲,便讲不通。此处所谓"以大观小",实寓"以高观下"之意,所谓"鸟瞰"也。西人绘画有所谓"透视",其说若何?往昔西人论中国山水画,常以其不合透视为病,近则亦知其中别有法则,即此篇所言之鸟瞰原理也。试比较两法之短长。

志林

苏轼

陈振孙《直斋书录》有《东坡手泽》三卷，注曰："今俗本大全集中所谓《志林》者也。"四库诸臣撰《提要》，因谓"盖轼随手所记，本非著作，亦无书名，其后人裒而录之，命曰《手泽》，而刊轼集者易曰《志林》。"此语未的。东坡自儋耳内移过廉州，有《与郑靖老书》，云："《志林》竟未成，但草得书传十三卷。"则坡公本欲作《志林》，其名非书贾所自创，特书既未成，今所传者自不必尽符公原意耳。明刊《苏文忠公集》有《志林》十三则（宋刊《经进东坡文集》则以散入卷十二至十四），皆论史之作，与百川学海所收者同。此外各本皆有增益，而亦互有出入，皆《提要》所谓随手所记也。坡公策论，旧为学文者所宗；时移风变，转觉信手拈来者为有意境有性情，胜彼辩士常谈多多许也。

笔记之文，不论记人，记物，记事，皆为客观之叙写；论议之文固非随笔之正轨，述怀抒感之作亦不多见，《志林》中乃多有此类，实开晚明小品一派。今据学津讨原本摘钞数则，或直抒所怀，或因事见理，处处有一东坡，其为人，其哲学，皆豁然呈现；与本编前后诸家随笔皆不侔，当另换一副眼光读之。

学津本颇有讹字。如"记与欧公语"条，元祐"六"年误"三"年。案元祐三年闰十二月，六年乃闰八月；三年东坡在翰林，六年乃出守颍；又欧公致仕归颍在熙宁四年七月，东坡是年除通判杭州，过颍可以相见，自此下计二十年适为元祐六年也。又如"论贫士"条，"南"史误"梁"史，《梁书》既不当云《梁史》。又刘凝之见《宋书·隐逸传》，沈麟士见《南齐书·高逸传》，作骥士，二人皆不见于《梁书》，而皆见于《南史》，且《南齐书》不载骥士认履事，惟《南史》载之，则"梁"为"南"之讹殆无可疑。客中既不获读涵芬楼校本，辄以意改定数字。

游兰溪

　　黄州东南三十里为沙湖,亦曰螺师店,予买田其间。因往相田得疾,闻麻桥人庞安常善医而聋,遂往求疗。安常虽聋,而颖悟绝人。以纸画字,书不数字,辄深了人意。余戏之曰:"余以手为口,君以眼为耳,皆一时异人也。"疾愈,与之同游清泉寺。寺在蕲水郭门外二里许。有王逸少洗笔泉,水极甘,下临兰溪,溪水西流。余作歌云:

　　山下兰芽短浸溪,
　　松间沙路净无泥,
　　萧萧暮雨子规啼。

　　谁道人生无再少?
　　君看流水尚能西。

休将白发唱黄鸡!

是日剧饮而归。

注解

黄州：今湖北黄冈县。

螺师：螺蛳。

相田：相，视察也。

蕲水：今湖北省浠水县，在黄州东不足百里。

王逸少：王羲之，字逸少，世称王右军，东晋时人，以善书名。

人生再少：古诗："花有重开日，人无再少年。"

流水能西：古诗："百川东到海，何时复西归？少壮不努力，老大徒伤悲。"

白发黄鸡：白居易《醉歌示妓人商玲珑》："谁道使君不解歌，听唱黄鸡与白日；黄鸡催晓丑时鸣，白日催年酉前没。腰间红绶系未稳，镜里朱颜看已失。"东坡集中屡用此典，如《过密州次韵赵明叔乔禹功》云："黄鸡唱晓凄凉曲，白发惊秋见在身。"此处"休将……"云云，言勿以老大为悲也。坡翁是年四十七岁。

讨论

1. 东坡元丰二年在湖州任，为言事者所中，入狱，已而责授黄州团练副使，本州安置，至七年始移汝州。据年谱，游蕲水为元丰五年三月事。

2. 东坡所作歌为词，调名《浣溪纱》。词之格律因调而异。《浣溪纱》六句，第三句与第二句同，第六句与第五句同，除去此两句，馀四句一二相偶，四五相偶，甚似绝句诗，但不同。能说出其相异之处否？读过其他词调否？

3. 词中有表示作词季节之词语否？

记承天寺夜游

元丰六年十月十二日，夜，解衣欲睡，月色入户，欣然起行。念无与乐者，遂至承天寺寻张怀民，怀民亦未寝，相与步于中庭。庭下如积水空明，水中藻荇交横，盖竹柏影也。何夜无月？何处无竹柏？但少闲人如吾两人耳。

讨论

1. 此仍是在黄州时事。此篇寥寥数十字，而闲适之情毕见，其意境可与陶渊明之"采菊东篱下，悠然见南山"相比，但渊明未曾一语道破，更见含蓄，此则诗与文不同也。

2. 东坡自称为"闲人"，须略说数话。唐宋贬官之制，或降级改任边远之地，如韩愈之贬潮州，柳宗元之贬永州是；若予以有名无实之官，而复加何处安置字样，则谪而近于戍矣。贬官而犹有职守，仍不得为闲；谪降而本郡官承朝中之意加以监束，致言动皆不自由，亦仍不得为闲。东坡之在黄州，既无职守，复无拘箝，则真闲人也。然亦须人自能静心澄虑，方能享此闲福，若得失在怀，悔尤萦梦，虽有闲适之境，亦无闲适之情，此东坡所以谓世少闲人如吾两人者也。

3. "无与乐者"之"与"字上下省去何字否？"相与步于中庭"，"相与"二字今语如何说？

4. "空明"今语如何说？

记游庐山

仆初入庐山,山谷奇秀,平生所未见,殆应接不暇。遂发意不欲作诗。已而见山中之僧俗皆云:"苏子瞻来矣!"不觉作一绝云:

>芒鞋青竹杖,自挂百钱游。
>可怪深山里,人人识故侯。

既自哂前言之谬,又复作两绝,云:

>青山若无素,偃蹇不相亲;
>要识庐山面,他年是故人。

又云:

自昔忆清赏，初游杳霭间；

如今不是梦，真个是庐山。

是日有以陈令举《庐山记》见寄者，且行且读，见其中云徐凝、李白之诗，不觉失笑。旋入开元寺，主僧求诗，因作一绝云：

帝遣银河一派垂，古来惟有谪仙辞。

飞流溅沫知多少，不与徐凝洗恶诗。

往来山南北十馀日，以为胜绝，不可胜纪，择其尤者，莫如漱玉亭、三峡桥，故作此二诗。最后与总老同游西林，又作一绝云：

横看成岭侧成峰，到处看山了不同；

不识庐山真面目，只缘身在此山中。

仆庐山诗尽于此矣。

注解

僧俗： 俗谓在家人。

百钱： 晋阮修常步行，以百钱挂杖头，至酒店，便独酣畅。见《晋书》本传。

故侯： 召平，故秦东陵侯，秦破为布衣，种瓜于长安城东。

无素： 不相识。素，昔也，故也。无素，言无故旧之谊。

偃蹇： 高傲貌。

陈令举： 陈舜俞。湖州人，博学强记，举制科第一。熙宁中以不奉青苗法废黜。东坡通判杭州时曾相过从，舜俞卒，东坡为文哭之。

徐凝、李白之诗： 李白、徐凝皆有《庐山瀑布诗》。李诗云"飞流直下三千尺，疑是银河落九天"。徐诗云："千古长如白练飞，一条界破青山色。"徐凝，中唐诗人，《云溪友议》记凝尝与张祜争解于白居易，白右凝而抑祜，祜不服，凝即举此诗为其得意之作，不意终见讥于坡翁也。

帝： 天。

谪仙：李白诗才奇绝，世称为"谪仙人"。

总老：常总，宋名僧，时为庐山东林寺主。

不可胜纪：胜，尽也。"纪"本作"谈"，集中诗序作"纪"，今改从。

了不同："了"字常用以加重否定，"了不"犹今言"一点不"。

讨论

1. 东坡元丰七年有量移汝州之命，去黄州，过九江，遂游庐山。

2. 东坡何以自哂前言之谬？可于第二第三诗中见其理由否？

3. "不与徐凝洗恶诗"之"与"作何解？普通文言中用何字？

4. 最后一诗传诵甚广，"庐山真面"成为常用之典，借喻事之真相不易骤明者。第二句东坡集作"远近高低各不同"。

记游松风亭

余尝寓居惠州嘉祐寺,纵步松风亭下。足力疲乏,思欲就亭止息。望亭宇尚在木末,意谓是如何得到?良久,忽曰:"此间有甚么歇不得处?"由是如挂钩之鱼,忽得解脱。若人悟此,虽兵阵相接,鼓声如雷霆,进则死敌,退则死法,当恁么时也不妨熟歇。

注解

惠州:今广东惠阳县。

纵步:散步。比较"纵目","纵言"。

木末:树梢。亭宇在木末,言为林木所蔽。

恁么:这样。

熟歇:着着实实歇一会。比较"熟视","熟眠"。

讨论

1. 绍圣元年,章惇为相,复行新法。东坡时知定州,就任落两职追一官,知英州。未到任间再贬宁远军节度副使,惠州安置。是年十月到惠州,寓居嘉祐寺。

2. 此篇说人须无执著,能摆脱。人生诸事纷乘,若心中不能摆脱,则无片刻安宁,不但为人太苦,抑亦无补于事。然不得以此作袖手不问之藉口也。

3. 此篇夹语体两句,何故?若改作"此处岂不可憩止","当此之时,亦无妨暂憩",如何?不独笔记文中常杂口语,史传亦多此例,能举例否?

4. "死敌""死法",中省"于"字。比较"死职""死事"。

志林

儋耳夜书

己卯上元，余在儋耳。有老书生数人来过，曰："良月佳夜，先生能一出乎？"予欣然从之。步城西，入僧舍，历小巷，民夷杂揉，屠酤纷然，归舍已三鼓矣。舍中掩关熟寝，已再鼾矣。放杖而笑，孰为得失？问先生何笑，盖自笑也；然亦笑韩退之钓鱼无得，更欲远去，不知钓者未必得大鱼也。

注解

己卯： 宋哲宗元符二年。

上元： 正月十五日为上元节。

儋耳： 宋儋州昌化军，汉儋耳郡也。今广东省海南岛儋县。

屠酤： 屠谓屠户，酤谓卖酒者，此处泛指市井中各色人。

掩关： 闭门。

再鼾：谓已醒而复睡也。犹今云已经睡了一个头忽。

韩退之钓鱼无得：韩愈有《赠侯喜》诗，略云："吾党侯喜字叔起，呼我持竿钓温水……晡时坚坐到黄昏，手倦目劳方一起。暂动还休未可期，虾行蛭渡似皆疑。举竿引线忽有得，一寸才分鳞与鬐……我今行事皆如此，此事正好为吾规。半世遑遑就举选，一名始得红颜衰……君欲钓鱼须远去，大鱼岂肯居沮洳。"

讨论

1. 东坡居惠州三载，已买地筑室，绍圣四年又责授琼州别驾，昌化军安置。遂寄家惠州，独与幼子过渡海。居儋州三年。元符三年始赦归，次年遂卒。

2. "孰为得失"即"孰得孰失"。此处以何二事比较？为以自己之夜游与家人之熟寝比较乎？为以自己之随遇而安与另种人比较乎？

3. "钓者未必得大鱼"，譬喻何事？

志林

措大吃饭

有二措大相与言志。一云"我平生不足,惟饭与睡耳。他日得志,当吃饱饭了便睡,睡了又吃饭。"一云:"我则异于是。当吃了又吃,何暇复睡耶?"吾来庐山,闻马道士善睡,于睡中得妙。然吾观之,终不如彼措大得吃饭三昧也。

注解

措大:亦曰"醋大",唐宋之世,俗称士人为"措大",含轻视意,犹后世云穷酸。何以用此二字,有种种说,皆未必然。

三昧:佛家语,正定之义,俗以称事之诀要。"三昧"是梵语译音,"三"字无义。

讨论

1. 此篇记一时戏笑之言,无他深意。
2. "吃饱饭了便睡","了"字位置与今语不同。

记与欧公语

欧阳文忠公尝言：有患疾者，医问其得疾之由，曰："乘船遇风，惊而得之。"医取多年柂牙，为柂工手汗所渍处，刮末，杂丹砂、茯神之流，饮之而愈。今《本草》注，《别药性论》云："止汗用麻黄根节，及故竹扇为末，服之。"文忠因言：医以意用药多此比；初似儿戏，然或有验，殆未易致诘也。予因谓公：以笔墨烧灰饮学者，当治昏惰耶？推此而广之，则饮伯夷之盥水，可以疗贪；食比干之馂馀，可以已佞；舐樊哙之盾，可以治怯；嗅西子之珥，可以疗恶疾矣。公遂大笑。元祐六年闰八月十七日，舟行入颍州界，坐念二十年前见文忠公于此，偶记一时谈笑之语，聊复识之。

注解

欧阳文忠公：欧阳修。

柂牙：柂，同"舵"。指舵之当手处。

《本草》：古药书，托名神农作，实则汉以来人所纂辑。历代注家甚多，以明李时珍注为最详，今通行者是。

伯夷之盥水：伯夷，孤竹君之子，与其弟叔齐互让其国。盥水，洗手之水。孟子曰："伯夷，圣之清者也"，又曰："闻伯夷之风者，顽夫廉"。

比干之馂馀：商纣淫乱，比干谏而死。馂，食之馀。

樊哙之盾：鸿门之宴，项庄舞剑，意在沛公（汉高祖），樊哙欲入而卫士止之，哙侧其盾以撞卫士，仆地，哙遂入。

西子之珥：西子即西施，古之美女。珥，妇女耳饰。

颍州：今安徽阜阳县。东坡于元祐六年以龙图阁学士出知颍州。二十年前为欧阳修致仕归颍时。东坡到任有《祭欧阳文忠公文》。

讨论

1."医"者,"意"也,其例甚多,尤以一般所谓"药引"为然,不仅止汗用故竹扇而已。试就见闻所及更举数例。

2."未易"同"不易"。"未"字用如"不"者甚多,如"未可""未妨""未为"。

论贫士

俗传：书生入官库，见钱不识。或怪而问之，生曰："固知其为钱，但怪其不在纸裹中耳。"予偶读渊明《归去来辞》云："幼稚盈室，瓶无储粟"，乃知俗传信而有徵。使瓶有储粟，亦甚微矣，此翁平生只于瓶中见粟也耶？《马后纪》，夫人见大练，以为异物；晋惠帝问饥民何不食肉糜，细思之，皆一理也。聊为好事者一笑。永叔常言：孟郊诗"鬓边虽有丝，不堪织寒衣"，纵使堪织，能得多少？

注解

幼稚盈室二句：陶潜《归去来辞》序云："余家贫，耕植不足以自给。幼稚盈室，瓶无储粟。生生所资，未见其术……"储粟之瓶，当是缸瓮之类，不至小如今人养花买酒之瓶也。

马后大练：汉明帝马皇后常衣大练，裙不加缘。朔望，诸姬主朝请，望见后袍衣疏粗，反以为绮縠，就视乃笑，见《后汉书·后纪》。大练即大帛，丝织之粗者。

晋惠帝：晋惠帝性愚骏。天下荒乱，百姓饿死，帝曰："何不食肉糜？"见《晋书·惠帝纪》。肉糜，当是杂肉为糜，如广东食肆之肉粥。

永叔：欧阳修，字永叔。

孟郊：字东野，唐诗人，与韩愈友善。

讨论

"细思之，皆一理也"，此一理是何理？

刘凝之、沈麟士

《南史》,刘凝之为人认所著履,即与之,此人后得所失履,送还,不肯复取。又沈麟士亦为邻人认所著履,麟士笑曰:"是卿履耶?"即与之。邻人得所失履,送还,麟士曰:"非卿履耶?"笑而受之。此虽小事,然处世当如麟士,不当如凝之也。

注解

南史:唐李延寿撰,记宋、齐、梁、陈四代事。刘凝之及沈麟士事俱见《南史·隐逸传》。刘事又见《宋书》,作"屐"不作"履"。

讨论

1. 东坡谓"处世当如麟士,不当如凝之",若以概论式辞语出之,当如何说?

2.为人误认己物，或与之分辨，或举以让之，二者互有得失，试申言之。

3.刘、沈二事绝相类，殆为同一事之不同传说。(《南齐书·沈驎士传》即不载其认履事。)大凡高逸之行，机谋之事，可嘉可喜，传说纷纭，则往往诸事集于一身，如包龙图、徐文长之比；又或数人共传一事，史传及民间故事亦多有其例也。

鸡肋编

庄季裕

季裕名绰，以字行，清源人。生平未详，据书中所记，父尝为曹郎，又曾领漕淮南，元祐诸公南迁，率假舟兵送行。季裕则历官郡县，晚守远州，似亦未尝显达。书中年月，上及元祐（见卷上"柬版"条；《四库提要》谓始于绍圣，疏矣），下逮绍兴，盖南渡前后人。

鸡肋者，魏武将弃汉中，出教唯曰"鸡肋"，杨修解之曰："食之则无所得，弃之则殊可惜，公归计决矣。"季裕自序其书，谓"方其撷芦菔、凫茈而饿于墙壁之间，幸而得之，虽不及于兔肩，视牛骨为愈矣。予之此书，殆类于是，故以鸡肋名之"云。序署绍兴三年，而卷中之末已记绍兴四年修射殿事，卷下复有绍兴六年吏部待阙员数，八年诸军岁用，九年牛马疫死诸条，盖作序后复续有增益也。

鸡肋编　133

书后有至元乙卯陈孝先跋,云"绰博物洽闻,有《杜集援证》,《灸膏肓法》,《筮法新仪》行于世,闻其他著述尚多,惜未之见"。是其为学博涉,有类沈存中。其书大体亦于《笔谈》为近,而考据详审则少逊焉。然季裕久为州郡官,驰走南北,故多记各地风俗及民间杂事,以其得之经历,遂不嫌其琐屑。所记先世旧闻,同时事实,亦多可供史家参证。惟时时涉神异果报之说,为小疵耳。

馓子

食物中有馓子，又名环饼，或曰，即古之"寒具"也。京师凡卖熟食者，必为诡异标表语言，然后所售益广。尝有货环饼者，不言何物，但长叹曰："亏便亏我也。"谓价廉不称耳。绍圣中，昭慈被废居瑶华宫。而其人每至宫前，必置担太息大言。遂为开封府捕而究之，无他，犹断杖一百罪，自是改曰："待我放下歇则个。"人莫不笑之。而买者增多。

东坡在儋耳；邻居有老妪业此，请诗于公甚勤，戏云：

纤手搓来玉色匀，碧油煎出嫩黄深。
夜来春睡知轻重？压匾佳人缠臂金。

注解

寒具：环饼一名寒具，见《齐民要术》。

亏便亏我：亏负我些就亏负些；折本便折本。

不称：不相称，谓物美而价廉。

绍圣：宋哲宗年号。

昭慈：哲宗孟后。元祐七年册为皇后，绍圣三年废，诏出居瑶华宫（宋因唐制，后妃被废，率徙居寺观为女道士）。金人破汴京，六宫有位号者皆北迁，后以废独存。张邦昌迎后垂帘，后迎立高宗，高宗奉后南渡，尊为隆祐太后，崩谥昭慈圣献。

东坡在儋耳：见《志林·儋耳夜书》条注。

讨论

1.这里所说"馓子"，他们的形状可从"又名环饼"和"压匾佳人缠臂金"两句话推测，读者故乡还有这种食品没有？叫什么名字？现在叫做馓子的又是什么形式？

2.各种叫卖之声实在是个很有趣味的东西。所用词语有形容恰当可味的，也有像此所说"诡异"可笑的。在声调方面，有比较直率的，也有悠扬可听的，小楼深巷，偶然飘过一两声，往往令人神往。读者能学说一种否？

3. 这个卖环饼的叫两声"亏便亏我也"，何以闹到开封府来捕究？

4. 苏东坡这首诗，试用白话释义。

各地岁时风俗

余尝行役，元日至邓州顺阳县，家家闭户，无所得食。令仆叩门籴米，其家辄叫怒，谓惊其家亲，卒不得。赖蔓青根有大数斤者，煮之甘软，遂以充肠。

宁州腊月八日，人家竞作白粥，于上以柿栗之类染以众色为花鸟象，更相送遗。

浙人七夕，虽小家亦市鹅鸭食物，聚饮门首，谓之"吃巧"。不庆冬至，惟重岁节。

澧州除夜，家家爆竹。每发声，即市人群儿环呼曰："大熟。"如是达旦。其送节物，必以大竹两竿随之。广南则呼"万岁"。

尤可骇者，宁州城倚北山，遇上元节，于南山巅维一绳，下达其麓，以瓦缶盛薪火，贯以环索，自上坠下。遥望如大奔星，土人呼为"彗星灯"。

襄阳正月二十一日谓之"穿天节"，云交甫解佩之日。郡中移会汉水之滨，倾城自万山泛彩舟而下。妇女于滩中求小白石有孔可穿者，以色丝贯之，悬插于首，以为得子之祥。

湖北以五月望日谓之"大端午"，泛舟竞渡。逐村之人各为一舟，各雇一人凶悍者于船首执旗，身挂楮钱。或争驶殴击有致死者，则此人甘斗杀之刑。故官司特加禁焉。

成都自上元至四月十八日，游赏几无虚辰。使宅后囿名西园。春时纵人行乐。初开园日，酒坊两户各求优人之善者较艺于府会，以骰子置于合子中撼之，视数多者得先，谓之"撼雷"。自旦至暮，唯杂戏一色。坐于阅武场，环庭皆府官宅看棚，棚外始作高橙，庶民男左女右，立于其上如山。每诨一笑，须筵中哄堂众庶皆噱者，始以青红小旗各插于垫上为记。至晚较旗多者为胜。若上下不同笑者，不以为数也。

浣花自城去僧寺凡十八里，太守乘彩舟泛江而下，两岸民家绞络水阁，饰以锦绣。每彩舟到，有歌舞者，则钩帘以观，赏以金帛。以大舰载公库酒，应游人之家计口给酒，人支一升。至暮遵陆而归。有骑兵善于驰射，每守出城，必奔骤于前。夹道作棚为五七层，人立其上以观，但见其首，谓之"人头山"，亦分男左女右。

至重九药市，于谯门外至玉局化五门设肆，以货百药，犀麝之类皆堆积。府尹监司皆武行以阅。又于五门之下设大尊，容数十斛，置杯杓，凡名道人者皆恣饮。如是者五日。云亦间有异人奇诡之事。

方太平盛时，公私富实，上下佚乐，不可一一载也。如澧州作五瘟社，旌旗仪物皆王者所用，唯赭伞不敢施，而以油冒焉。以轻木制大舟，长数十丈，舳舻樯柁，无一不备，饰以五采。郡人皆书其姓名年甲及所为佛事之类为状，以载舟中，浮之江中，谓之"送瘟"。成都元夕每夜用油五千斤，他可知其费矣。

注解

邓州顺阳县：宋县，在今河南淅川县境。

宁州：今甘肃宁县。

澧州：令湖南澧县。

广南：案宋无州县名广南者，惟今之广东广西两省在宋称广南路，此处或即泛指岭南，但又与本篇列举地名之例不合。

交甫解佩：《列仙传》：江妃二女游于伍滨，逢郑交甫，遂解珮与之。交甫受珮而去，数十步，怀中无珮，女亦不见。

倾城：全城之人皆出。

楮钱：即纸钱。楮树似桑，皮可制纸，故纸又称楮。

使宅西园：成都转运使宅原为五代蜀国权臣宅第，饶有园林之胜。宋人题咏西园者甚多。

青红小旗：两戏班各以色为记也。

浣花：浣花溪在成都城西南，有杜甫草堂。案今地去城不足十里。此云十八里，未详。

绞络：未详。

公库酒：宋时酿酒为官营事业。

谯门：城门。

玉局化：道观名，旧在成都城南，今不存。《寰宇记》

云:"内有玉局坛,张道陵得道之所。"观建于唐,初名"玉局治",后避高宗讳,改。

五门:未详。寺观"山门"一曰"三门",曾巩有"仙都观三门记"。"五"或为"三"之误,或真有五门。

犀麝:犀角,麝香,皆珍药。

武行:步行。

以油冒焉:"油"下疑脱"布"字。

年甲:年岁和甲子。可能包括出生的年、月、日、时。

讨论

1. 读者故乡岁时风俗有可记的没有?
2. "吃巧"有什么意义?"吃"字谐何字?澧州送节礼为什么"以大竹竿随之"是不是也是谐音?
3. 执旗之人"身挂楮钱"做什么?
4. 现代的娱乐方式和从前大不相同,能不能用几句话说出不同之点?有优劣得失可说否。

南北雨泽

西北春时,率多大风而少雨,有亦霏微。故步陵谓"润物细无声"。而东坡诗云:"春雨如暗尘,东风吹倒人。"韩持国亦有"轻云薄雾,散作催花雨"之句。至秋则霖霪苦雨。岁以为常。二浙四时皆无巨风。春多大雷雨,霖霪不已。至夏为"梅雨",相继为"洗梅"。以五月二十日为"分龙",自此雨不周遍,犹北人呼"隔辙"也。迨秋,稻欲秀熟,田畦须水,乃反亢旱。余自南渡十数年间,未尝见至秋不祈雨。此南北之异也。

注解

韩持国:韩维,字持国,亿子,历官英、神、哲三朝。

梅雨:江、浙、湘、赣各地,旧历四五月同多雨,时适梅子欲黄,故俗称"黄梅雨"。

分龙，隔辙：《埤雅·释天》："五月分龙后，其龙各有分域，雨旸往往隔一辙而异，因谓'隔辙雨'。"

讨论

1. 本篇所说南北雨泽之差异能说明原因否？可参考地理学书籍。
2. "轻云薄雾"两句是不是诗句？

陕西谷窖

陕西地既高寒,又土纹皆竖,官仓积谷,皆不以物藉。虽小麦最为难久,至二十年无一粒蛀者。民家只就田中作窖,开地如井口,深三四尺;下量蓄谷多寡,四围展之,土若金色,更无沙石,以火烧过,绞草绲钉于四壁,盛谷多至数千石,愈久亦佳。以土实其口,上仍种植,禾黍滋茂于旧。唯叩地有声,雪易消释,以此可知。夷人犯边,多为所发;而官兵至虏寨,亦用是求之也。江浙仓庾,去地数尺,以板为底,稻连秆作把收。虽当家亦日治米为食。积久者不过两岁而转。地卑湿,而梅雨郁蒸,虽穹梁,屋间犹若露珠点缀也。

注解

藉:衬垫。

难久：难于久藏。

草绁：草绳。

滋茂于旧：比以前更茂盛。

夷人：指西夏。

两岁而转：两年周而复始,即无两年以上之陈谷。

穹梁：谓屋顶甚高。

讨论

1. 陕西地面是哪种土质？这种土质的坚实是不是还可以从一部分人民的居室构造上看出来？
2. 江浙积谷,现在是不是还"连杆作把收"？
3. 谷窖上头种的庄稼为什么"滋茂于旧"？
4. 从房屋建筑的方式上是不是也可以看出南北气候的不同？

省记条、几乎赏

朝廷在江左,典籍散亡殆尽。省曹、台、阁,皆令老吏记忆旧事,按以为法,谓之"省记条"。皆临时徇私自便。而敌骑自浙中渡江北归,官军败于建康,江中督将尚奏功,云其四太子几乎捉获,亦为之推赏。时谓以"省记条"推"几乎赏"。

注解

典籍:法典章制之类。

省、曹、台、阁:省曹谓尚书省诸曹(参阅后文《老学庵笔记》"尚书二十四曹"节);台谓御史台;阁谓诸殿阁,兼指翰林学士院等。

四太子:金主阿骨打(太祖)第四子兀术,勇悍善战,屡率兵侵宋,民间呼为四太子。此指建炎四年事,督将谓韩世忠。

讨论

1. 从前所谓"吏",和现在的哪一类人员相当?旧时政治,官常受制于吏,是什么原故?

2. 浮报战功,古今多有。以"几乎捉获"推赏,虽然可笑,也是"千金买骨"之意,在当时也有不得已的苦衷。

三觉侍郎、三照相公

赵叔问为天官侍郎，肥而喜睡，又厌宾客。在省，还家，常挂歇息牌于门首。呼为"三觉侍郎"，谓朝回、饭后、归第故也。

范觉民作相，方三十二岁，肥白如冠玉。旦起与裹头、带巾，必皆揽镜。时谓"三照相公"。

注解

天官侍郎：吏部侍郎。

在省：省谓尚书省，吏部古为尚书省之一部。

范觉民：范宗尹字觉民，建炎、绍兴之际曾居相位。

讨论

1.肥和喜睡，常常相连，究竟哪是因哪是果，能不能说明其中关系？

2. 从"三觉侍郎"一语可见"睡觉"一词宋时已有。"觉"的本义是醒,而"三觉"等于"三睡",这种字义的变迁也是很有趣味的。

俚语见事

建炎后，俚语有见当时之事者，如："仕途捷径无过贼，上将奇谋只是招。"又云："欲得官，杀人放火受招安；欲得富，赶著行在卖酒醋。"

注解

行在：本指帝王巡幸之所在。宋南渡后，政府在杭州，称行在，示未忘恢复之意。

讨论

1."仕途捷径"二语，在军阀时代亦有此概。"行在卖酒醋"更恰为抗日战争时期重庆等地写照。
2.此处所说"俚语"即民谣之类，另外有一种民谣，是"反映政治"，照现在的说法就是"见当时之事"。照史书所记,往往有预言性,实际上一定是先有其事后有其语,记载的人故意颠倒次序,神奇其说。这种俚语,无论旧书所记,今世所传,能举二三例否?

讳名

世有自讳其名者。如田登在至和间，为南宫留守。上元，有司举故事呈禀，乃判状云："依例放火三日。"坐此为言官所攻而罢。

又有典乐徐申，知常州。押纲使臣被盗，具状申乞收捕，不为施行。此人不知，至于再三，竟寝不报。始悟以犯名之故。遂往见之，云："某累申被贼，而不依申行遣，当申提刑，申转运，申廉访，申帅司，申省部，申御史台，申朝廷，身死即休也。"坐客笑不能忍。

许先之监左藏库，方请衣，人众，有武臣亲往恳之曰："某无使令，故躬来请，乞先支给。"许允之，久之未到。再往叩之云："适蒙许先支，今尚未得。"许谕曰："公可少待。"遂至暮不及而去。

汪伯彦作西枢，有副承旨当唤状，而陈牒姓张校尉，名与汪同，遂止呼张校尉。其人不知为谁，久不敢出。再三喻令勿避，竟不敢言。既又迫之，忽大呼曰："汪伯彦。"左右笑恐，汪骂之曰："畜生。"遂累月不敢复出。

注解

至和：宋仁宗年号。

南宫留守：即南京留守。南以国号宋，故以宋州（今河南商丘县，春秋时宋国）为应天府，称南京，知府事者带留守衔。

有司：本泛指官吏，后又偏指地方官。此处谓州中属吏。

故事：旧例。

放火：讳"灯"字，改曰"火"。

言官：谓御史等言官。

典乐：徽宗崇宁二年置大晟府，以大司乐为长，典乐为贰。

押纲：转运大宗货物，分批启行，计其车辆船只，编立字号，名为一纲。其名始于唐，宋为最盛，如盐纲，茶纲，徽宗时之花石纲其尤著者也。

寝：息也，谓留其状不批答。

行遣：办理。

提刑等：宋诸路有提点刑狱公事、转运使、廉访使（原为"走马承受"，政和六年改"廉访使"，靖康初罢）等官。又边远诸路有经略安抚使，掌一路兵民之事，内地诸路只为安抚使，为一路最高长官。通称皆曰帅。

左藏库：属太府寺。太府寺掌邦国财货，库藏出纳。四方贡赋输之京师，或储内藏库，以待非常之用，或入左藏库以供经常之费。官吏军兵奉禄赐予，悉出于此。春秋二季授军衣，亦于此取给。

使令：仆役。

汪伯彦：靖康时知相州，时高宗以康王使金，驻相州，伯彦始受知。高宗即位，擢知枢密院事，未几为相。逾年为言官劾罢。

西枢：宋时枢密院称西府。

副承旨：枢密院有都承旨、副都承旨、副承旨、诸房副承旨等官。

讨论

1. 讳名之俗起源甚古，大概最初很有"法术"的意味，后来才成为一种形式，一种礼貌，但讳及同音，实在不胜其烦。这个风俗见于记载者甚多，《齐东野语》有汇记一条，甚详。

2. 田登这件事很出了名，屡见于宋人笔记。后来的俗语"只许州官放火，不准百姓点灯"就出于此事，但这句话所含"官有法外之自由，民无法内之自由"的意思，是后来附会上去的，本事并无此意。

3. 承上省略动词的主语及宾语，是中国语法中应该注意的一点。这个办法，文言比白话更甚，有时有两个词，更迭省略，很容易发生误会。如本篇第四段就有这种例子："（汪）再三喻令（承旨）勿避，（承旨）竟不敢言。既（汪）又迫之，（承旨）忽大呼曰……"

迪功郎

周曼,衢州开化县孔家步人,绍兴二年以特奏名补右迪功郎,授潭州善化县尉待阙。有人以柬与之,往寻周官人家。曼怒曰:"我是宣教,甚唤作官人?看汝主人面,不欲送汝县中吃棒。"又尝夜至邑中灵山寺,以知事不出参,呼而捶之,曰:"我是国家命官,怎敢恁地无去就?"欲作状解官,群僧祷之,且令其仆取赂,而已。

注解

迪功郎: 宋文职官阶之最低者,从九品。

开化县: 今浙江开化县。

善化县: 宋县名,明省入长沙,后复置,民国复省入长沙。

待阙: 候补。

宣教： 宣教部，文职官阶之较高于迪功郎者，从八品。

官人： 宋世民间白衣亦称"官人"，如平话小说所见。

知事： 寺中主持之僧。

无去就： 不识分寸，不懂规矩。

讨论

1. 本篇写小官之作威作福，是《儒林外史》《官场现形记》等书的材料。读者有没有这一类经验？

2. 宋代的"待阙"类似清代的"候补"，而微有不同。清之候补，须有阙官处方补，宋之待阙则已指定任所，只等现任满期即补实。亦有徒拥空名，久不得补者。本书中有记此事条，云：

> 绍兴年间，天下州郡遂成三分，一为伪齐金虏所据，一付张浚承制除拜，朝廷所有唯二浙、江、湖、闽、广而已。员多阙少，如诸州通判佳处，见任与待阙者率常四五人。

河山半壁，家国艰危，而求官者之多以及政府安插冗员之不惮烦如此！

3. 平民既可称"官人",周某是官,所以不愿人称"官人",这是容易懂的。但是他明明是迪功郎,何以又越级自称"宣教"呢?这也是当时的习惯,《宋史·职官志》云:

> 淳化元年,国子祭酒孔维上言,中外文武官称呼假借,逾越班制,伏请一切禁断。太宗命翰林学士宋白等议之,白等请:"自今文武台省官及卿监郎中,并呼本官;太常博士、大理评事,并不得呼郎中;诸司使、诸卫将军未领刺史者,及诸司副使,不得呼太保……校书郎以下令录事,不得呼员外郎……"

沈念二相公

世以浙人孱懦，每指钱氏为戏。云：俶时有宰相姓沈者，倚为谋臣，号沈念二相公。方中朝加兵江湖，俶大恐，尽集群臣问计，云："若移兵此来，谁可为御？"三问无敢应者。久之，沈相出班奏事。皆倾耳以为必有奇谋。乃云："臣是第一个不敢去底。"

朝廷渡江时，人呼诸将皆以第行加于官称：刘三、张七、韩五、王三十，皆神武五军大将。王三十者，名瓒，官承宣带四厢都使，人以太尉呼之。然所至辄负败，未尝成功。

时谓"沈念二相公"二百年后始得"王三十太尉"，遂为名对也。

注解

钱氏：五代时吴越国。

钱俶：镠孙，吴越国最后之国土，降宋。

加兵江湖：指宋攻南唐国事。南唐若下，吴越即与宋为邻。

刘三、张七、韩五：刘光世，张俊，韩世忠。

神武五军：建炎之后，除殿前马步三帅外，诸将兵统于御营使司。绍兴四年复分为神武五军：刘光世、韩世忠、张俊、王瓘、杨沂中为五帅。

讨论

1. 沈相奏对大类世人所说臭虫圣药，包之又包，裹之又裹，打开来只是一个"捉"字。两者同是实话，然勤捉确可去臭虫，不敢去则不能却敌也。

2. 行第相称，由来甚古，伯、仲、叔、季，长卿、少卿，长孺、少孺，无非行第。至于以一、二、三、四相称，而且"大排行"以至三十、五十，似乎唐宋之世最盛。能不能举几个例？宋之词人，秦七黄九齐名，秦七是谁？黄九是谁？

3. 张七韩五之称又见于《挥麈馀话》：

建炎间,金寇驻楚,张、韩拥兵于高邮。虏众大入,二将深以为忧。将欲交锋之际,风雨大作,虏众辟易散走,遂奏凯。范师厚直方为参军事,笑曰:"焉知张七韩五乃得巽二滕六力耶?"(巽二谓风,滕六谓雨,见《玄怪录》。)

老学庵笔记

陆游

《老学庵笔记》十卷，宋陆游撰。放翁才情豪放，倾注于诗，《剑南》一集，虽瑕瑜互见，而篇数之多，殆无馀子。出其馀渖，为笔记之文，亦清简可喜。其书多记遗闻轶事。直斋陈氏谓其"生识前辈，年及耄期，所记见闻，殊可观也"。然记人不求传神，有殊于《世说》；记事不穷考据，亦异于《笔谈》；而信笔数语，自饶逸趣，盖初非刻意为书，亦犹是诗人气分也。放翁留蜀甚久，其书记蜀中事亦多。又有《入蜀记》六卷，记山阴至夔州水程，亦游记之上乘也。

东坡食汤饼

吕周辅言：东坡先生与黄门公南迁，相遇于梧、藤间。道旁有鬻汤饼者，共买食之。粗恶不可食，黄门置箸而叹，东坡已尽之矣。徐谓黄门曰："九三郎，尔尚欲咀嚼耶？"大笑而起。秦少游闻之，曰："此先生'饮酒但饮湿'而已。"

注解

吕周辅： 吕商隐，字周辅，成都人，乾道二年进士，历仕国子博士，宗正丞等官。

黄门公： 苏辙，轼弟，辙尝官门下侍郎。此职在秦汉曰侍郎。晋始改门下，而后世犹称官门下者为黄门。

南迁相遇： 东坡《和渊明移居诗序》云："丁丑岁余谪海南，子由亦谪雷州，五月十一相遇于藤，同行至雷。"案丁丑为绍圣四年。

汤饼：即面条。

秦少游：秦观，北宋词人，与二苏友善。

饮酒但饮湿：东坡《岐亭五首》之四"酸酒如荠汤，甜酒如蜜汁，三年黄州城，饮酒但饮湿。我如更拣择，一醉岂易得？"

讨论

1. 东坡食面，不择精粗，是其生性马虎，抑由修养得来？此种修养与其一生经历有何关系？

2. 比较"先生饮酒但饮湿"与"醉翁之意不在酒"两语义蕴之同异？试更与"君子食无求饱，居无求安"及"读书不求甚解"诸语比较。

3. 设想抗日战争时期有自上海或南京流徙内地者，途中食不下咽，眠不安席，造一小故事。

不了事汉

秦会之当国，有殿前司军人施全者，伺其入朝，持斩马刀邀于望仙桥下斫之。断轿子一柱，而不能伤，诛死。其后秦每出，辄以亲兵五十人持梃卫之。初，斩全于市，观者甚众，中有一人朗言曰："此不了事汉，不斩何为！"闻者皆笑。

注解

秦会之：秦桧。

殿前司：宋禁卫官署。

不了事汉："了事""不了事"本为宋代成语。秦桧主议和，曾对主战派说："诸公皆分大名以去，某但欲了天下事耳。"他很自负这句话，并筑一"了堂"，以诗为记，有"欲了世缘那得了"之句。见《东瓯金石志》。故王梅溪诗有"愿借龙湫水，一洗了堂碑"等语。所以施全刺秦不成，被刑于市，有人朗声说"此不了事汉，不斩何为！"也有双关意思：一方面固然指刺秦不成为不了事。同时也等于说"这个爱国军人还不应该杀吗！"闻者皆笑，因为这话表面上骂施全，而实际上却把秦桧骂得入骨三分，无话可辩。施全一案当时曾感动过许多人。朱熹说："举世无忠义气，忽见施全身上发出来。"（见《瑯琊代醉篇》）《野老记闻》亦曾记施案。陆放翁自己是个爱国诗人，时时刻刻想领兵去打金人，所以他也特别同情施全。老学庵留此一则笔记，不是无因的。（此注采则厂先生说，则厂先生的信发表在《国文杂志》的二卷四期上。）

讨论

1. 秦桧当政，力主和议，自来评论，不一其说，试综述当时形势，下一断语。
2. 此故事中所反映一般民众对于秦桧之态度如何？试就此事申论政府与民意之关系。
3. 暗杀是否政治上有效之手段？何种政制之下可以不致有暗杀之事？

黄金钗

僧法一、宗杲，自东都避乱渡江，各携一笠。杲笠中有黄金钗，每自检视。一伺知之，杲起登厕，一亟探钗掷江中。杲还，亡钗，不敢言而色变。一叱之曰："与汝共学了生死大事，乃眷眷此物耶？我适已为汝投之江流矣。"杲展坐具作礼而行。

注解

法一：世称雪巢禅师。俗姓李，世家子。大观中出家。后从圆悟于蒋山，悟奉诏徙京师天宁寺，师侍行。南渡后初居泉州延福寺，四迁巨刹，晚居台州万年寺。

宗杲：俗姓奚，年十七出家，游四方从诸老宿。后至天宁谒圆悟，经半载，悟数举因缘诘之，师酬对无滞，遂令分座室中。丛林归重，名振京师，赐号佛日禅师。南渡初住径山，多与朝士往还，其后忤秦桧，窜逐衡州，桧死始放还。再住径山，赐号大慧禅师。著有《临济正宗记》《正法眼藏》，并语录多卷。

东都：东京，即汴京。

眷眷：顾恋也。

坐具：僧人资具之一。原来为护身护衣护床席卧具之用，其后但以为礼拜之具。

讨论

1. 宗杲亦一时名宿，金钗之事可信否？观二人行历，法一当是"高僧"，宗杲则"名僧"一流，正如世间之有"高士"与"名士"也。杲初以才辩知名，又多与朝士往返，似犹未免在热闹场中讨生活，与遁世潜修者有别，此其所以得为"名"僧，而亦金钗在笠之所以不无可能耶？

2. 何谓"了生死"？儒家对于生与死之态度若何，基督教又若何？

3. 文言中称人有时只举其姓，有时只言其名，已有多例。释氏本已去姓，今于法一只称一，于宗杲只称杲，盖仍俗家例也。

汉子

今人谓贱丈夫曰汉子,盖始于五胡乱华时。北齐魏恺自散骑常侍迁青州长史,固辞之。宣帝大怒曰:"何物汉子,与官不就!"此其证也。承平日,有宗室名宗汉者,自恶人犯其名,谓汉子曰"兵士",举宫皆然。其妻供罗汉,其子授《汉书》。宫中人曰:"今日夫人召僧供十八大阿罗兵士;太保请官教点兵士书。"都下哄然,传以为笑。

注解

何物:什么,见《世说新语》"牛屋贵客"节注。

承平日:指北宋时。

宗汉:濮安懿王少子,英宗幼弟,嗣濮王。

阿罗汉:梵语译音,通常只云罗汉。

太保:宋世宗王之子襁褓中即补军职,故以太保称之。

讨论

1. 汉魏之时多以"汉""胡"对举,分别中外人民;若有贵贱可言,亦当贵汉而贱胡。迨后北朝政柄沦于胡族,"汉子"遂为贱称,亦可慨也。

2. 讳名之俗自南北朝以迄唐宋均极盛行,频见诸家记载,前录《鸡肋编》"讳名"条即其一例。遇卑贱则不欲人之犯其名,遇长上则又自称其名,此两种风俗实一事之两面也。于人讳言尔汝,于己不直称我,亦是此意。《钱氏私志》记因"我"改字一事,与此处所记相映成趣,录之以发一噱:

> 燕北风俗,不问士庶皆自称"小人"。宣和间有辽右金吾卫上将军韩正归朝,授检校少保节度使,对中人以上说话即称"小人",中人以下即称"我家"。每日到漏舍,诵《天童经》数十遍,其声朗朗然,且云:对天童说话岂可称我,自"皇天生我"皆改为"小人",云:
>
> 皇天生小人,皇地载小人,日月照小人,北斗辅小人。

僧行持

僧行持，明州人，有高行而喜滑稽。尝住馀姚法性，贫甚，有颂曰："大树大皮裹，小树小皮缠；庭前紫荆树，无皮也过年。"后住雪窦。雪窦在四明，与天童、育王俱号名刹。一日同见新守，守问天童观老，山中几僧？对曰："千五百。"又以问育王谌老，对曰："千僧。"末以问持，持拱手曰："百二十。"守曰："三刹名相亚，僧乃如此不同耶？"持复拱手曰："敝院是实数。"守为抚掌。

注解

行持：号牧庵，本四明卢氏子。宣和中住馀姚法性寺，后历住雍熙云门寺、雪窦护圣寺，皆名刹也。

明州、四明：四明山在浙东。唐置明州，宋因之，即今鄞县。

刹：塔上所立竿柱，中藏舍利子者，曰"刹"。后即以称塔，复引以称佛寺。

相亚：不相上下。亚，次也；相亚即相次。

讨论

1. "滑稽"何义？与西洋所谓"幽默"是否一事？与"讽刺"又有何异同？此篇所记一事何以有幽默趣味？
2. 试更举说老实话而产生幽默者一二事。

尚书二十四曹

自元丰官制尚书复二十四曹，繁简绝异。在京师时，有语曰：

吏、勋、封、考，笔头不倒；

户、度、金、仓，日夜穷忙；

礼、祠、主、膳，不识判砚；

兵、职、驾、库，典了被裤；

刑、都、比、门，总是冤魂；

工、屯、虞、水，白日见鬼。

及大驾幸临安，丧乱之后，士大夫亡失告身批书者多，又军赏百倍平时。贿赂公行，冒滥相乘；饷军日滋，赋敛愈繁；而刑狱亦重。故吏、户、刑三曹吏胥，人人富饶，他曹寂寞弥甚。吏辈又为之语曰：

吏、勋、封、考，三婆两嫂；

户、度、金、仓，细酒肥羊；

礼、祠、主、膳，淡吃斋面；

兵、职、驾、库，咬姜呷醋；

刑、都、比、门，人肉馄饨；

工、屯、虞、水，生身饿鬼。

注解

元丰官制： 宋初因五代之旧，官制繁杂，且多名实不符。神宗奋意改革，元丰五年行新定官制，尚书二十四司职掌之分寄于诸司者皆还于本司。

尚书二十四曹： 尚书省分六部二十四司。

一、吏部四司：吏部（铨选），司封（封爵），司勋（策勋），考功（赏罚）。

二、户部四司：户部（户口土地赋役），度支（计度国用），金部（泉币库藏），仓部（仓储）。

三、礼部四司：礼部（学校贡举），主客（四夷朝贡），祠部（祀典），膳部（牲醴）。

四、兵部四司：兵部（戎政武选），职方（图籍），驾部（舆马厩牧），库部（仪仗戎器）。

五、刑部四司：刑部（刑狱），都官（徙流），比部（勾覆帐簿），司门（驿传）。

六、工部四司：工部（工程印造），屯田（屯营职学各田及官庄），虞部（林苑场冶），水部（水道）。

告身：唐宋授官，予以告身，犹今之委任状。"批书"当亦为类似之文件。

呷：今作"喝"。

讨论

1. 何谓"吏胥"？史传所谓"良吏""酷吏"是否指胥吏？胥吏在过去之中国政治上为一特殊阶级，通常以贪官与污吏并称，实则污吏之多还在贪官之上。读过之文学作品有涉及胥吏者否？试举二三事。

2. 平时对于学校中各门学科，有无难易苦乐之分？试仿此处之例，造为韵语形容之。

孙王交情

孙少述，一字正之，与王荆公交最厚。故荆公《别少述诗》云："应须一曲千回首，西去论心有几人？"又云："予今此去来何时？后有不可谁予规？"其相与如此。及荆公当国，数年不复相闻，人谓两公之交遂暌，故东坡诗云："蒋济谓能来阮籍，薛宣真欲更朱云？"刘舍人贡父诗云："不负兴公遂初赋，更传中散绝交书。"然少述初不以为意也。及荆公再罢相，归过高沙。少述适在焉，亟造之。少述出见，惟相劳苦，及吊元泽之丧。两公皆忘其穷达。遂留荆公，置酒共饭，剧谈经学，抵暮乃散。荆公曰："退即解舟，无由再见。"少述曰："如此，更不去奉谢矣。"然惘惘各有惜别之色。人然后知两公之未易测也。

注解

孙少述：孙侔，字少述。早孤，事母尽孝。母卒，终身不仕，客居江淮间，士大夫敬畏之。《宋史》入《隐逸传》。

荆公当国：王安石熙宁二年入相，七年免。八年复相，九年复罢，以镇南节度使同平章事判江宁府。

蒋济两句：三国魏时，阮籍有隽才，太尉蒋济辟为掾。籍诣都亭奏记辞谢。初，济恐籍不至，得记欣然，遣卒迎之，而籍已去。济大怒。朱云：西汉人，少时好侠，后仕为博士。张禹柄政，云强谏，直声闻天下。自后不复仕，薛宣为丞相，云往见之。宣谓之曰："且留我东阁，可以观四方多士。"云曰："小生乃欲相吏邪？"宣不敢复言。

刘贡父：刘攽，宋史家，预修《资治通鉴》。尝论新法不便，忤王安石。

不负两句：孙绰，晋人，字兴公，善文章，游放山水，作《遂初赋》以寄意，谓得遂初志也。后官散骑常侍，时桓温建议迁都洛阳，绰上疏谏阻，温不悦，曰："何不寻君遂初赋？知人家国事耶？"嵇康，三国魏人，与魏宗室婚，拜中散大夫，故称中散。山涛将去选官，举康自代，康乃与涛书告绝。

元泽：王安石子雱，字元泽，幼而聪慧，仕至龙图阁直学士，年三十三卒。安石之再相也，与吕惠卿有隙，屡谢病求去。及雱死，尤悲伤不堪，求去益力，乃罢。

讨论

1. 王安石之为人如何？能略述其生平否？安石之行新政，朝士多持异议，民间亦多怨声（如《京本通俗小说》"拗相公"可见一斑），其情势与南宋初年之秦桧相去几希，而安石罢政，仍为士大夫所敬仰，虽敌党亦多怨辞，秦氏则至今无人称道，贤不肖相去遂至于此，其故安在？

2. 友谊之基础如何，今世之朋比援引，以"所识穷乏者得我"为服官之目的，是否为得友道之正？试作一文论朋友交情。

老学庵笔记

白席

北方民家吉凶，辄有相礼者，谓之"白席"，多鄙俚可笑。韩魏公自枢密归邺。赴一姻家礼席，偶取盘中一荔枝欲啗之，白席者遽唱曰："资政吃荔枝，请众客同吃荔枝。"魏公憎其喋喋，因置之不复取。白席者又曰："资政恶发也。请众客放下荔枝。"魏公为一笑。恶发犹云怒也。

注解

韩魏公：韩琦，历事仁宗、英宗、神宗三朝，封魏国公。

归邺：韩琦相州人。相州于古邺都为近，唐置邺郡，宋犹于相州下系邺郡。

资政：琦尝官资政殿大学士。

讨论

1. 关于韩魏公之生平，有所知否？

2. 白席之俗，今尚有存者否？一般之司仪或赞礼，有异于白席，然在不必需之场所亦有喋喋可憎者，试述其例。

士大夫家法

成都士大夫家法严。席帽行范氏，自先世贫而未仕，则卖白龙丸，一日得官，止不复卖。城北郭氏卖豉，亦然。皆不肯为市井商贾，或举货营利之事。又士人家子弟，无贫富皆着芦心布衣，红勒帛狭如一指大；稍异此，则共嘲笑，以为非士流也。

注解

席帽行：街名。

芦心布衣：以芦花为心之布衣。

勒帛：腰带。

讨论

1.士人处处以特殊阶级自居，甚至衣饰之微亦必示异于人，自亦有其流弊，然若不仅注意于其阶级特有之权利，亦时时不忘其有特殊之义务，如此处所记一旦预于士流即不复为营利之事，则亦不无可取，以视今之凭藉其特殊地位以牟利者又不可同日语矣。昔英国有律师受任为法官者，一日尽售其各种股票，举数购政府债券，预为嫌疑之防，亦犹此意也。

2. 中国之士大夫与英国之贵族，尝同为统治阶级，其成因、教养，与其所怀抱之理想有何同异？

3. 街以席帽为名，表示何种历史的事实？现在各地城市仍有同类街名否？名实仍相符否？

虏官

南朝谓北人曰"伧父",或谓之"虏父"。南齐王洪轨,上谷人,事齐高帝为青、冀二州刺史,励清节,州人呼为"虏父使君"。今蜀人谓中原人为"虏子",东坡诗"久客厌虏馔"是也。因目北人仕蜀者为"虏官"。晁子止为三荣守,民有讼资官县尉者。曰:"县尉虏官,不通民情。"子止为穷治之,果负冤。民既得直,拜谢而去,子止笑谕之曰:"我亦虏官也,汝勿谓虏官不通民情。"闻者皆笑。

注解

伧父:参阅《世说新语》"牛屋贵客"节注。

晁子止:即《郡斋读书志》著者晁公武。绍兴进士,官至敷文阁直学士,尝为临安府少尹。公武巨野人,故曰我亦虏官也。

三荣：即荣州，州治在今四川荣县。

资官：荣州属县，元废。故治在今荣县西。

讨论

1. 南北相轻，自来已久，古者南谓北曰伧曰虏，北谓南曰楚曰夷，近代又有侉子与蛮子之称。在昔南北对峙，犹有可说，沿袭至今，乃纯然地域主义作怪矣。实则不独南北有别，乃至省与省之间，甚至县与县之间亦复互相轻视。此与对于外国人之鄙夷同出一源。此种心理之由来，有可说者否？如何始可破除此种地域主义？

2. 数年前有某地警察局批示："查报告人系外省人士，不明本地情形，致有失窃情事"，与"县尉房官，不通民情"相映成趣，皆未能就事论事者。

马从一

绍圣、元符之间，有马从一者，监南京排岸司。适漕使至，随众迎谒。漕一见怒甚，即叱曰："闻汝不职，正欲按汝，何以不亟去？尚敢来见我耶？"从一皇恐，自陈湖湘人，迎亲窃禄。求哀不已。漕察其语，南音也，乃稍霁威。云："湖南亦有司马氏乎？"从一答曰："某姓马，监排岸司耳。"漕乃微笑曰："然则勉力职司可也。"初盖误认为温公族人，故欲害之。自是从一剌谒，但称"监南京排岸"而已。传者皆以为笑。

注解

绍圣、元符：哲宗年号。时复行新法，元祐旧臣多罢免或窜逐。司马光已前卒，但以其为旧党首领，新党仍切齿焉。

南京：宋以今河南商丘（归德）为南京。

排岸司：宋制于司农寺下设排岸司，掌水运纲船输纳雇直之事。排岸司凡四，其一在南京。

漕使：转运使。

皇恐：即"惶恐"。

迎亲窃禄：谓自知才不称职，但藉以养父母，以此求谅。

温公：司马光。

湖南亦有司马氏乎：司马光陕州夏县人。（陕州宋属陕西路，故世称温公为陕人。夏县今属山西省。）

刺谒：投名帖进见。

讨论

1. 中国政治史上有若干不必要之纠纷，皆起于不对事而对人。元祐初年，温公柄政，亦有因姓司马而受累者。《鸡肋编》卷下记一事：

> 蜀人司马先，元祐中为荣州曹官。自云：以温公之故，每监司到，彼独后去，而不得汤饮。盖众客旅进退，必特留问其家世；知非丞相昆弟，刚不

  复延坐,遂趋而出也。

合此二事观之,令人啼笑皆非。

2.转运使简称漕使,又省为"漕",可谓尽简称之能事。惟清代称布政使与按察使为"藩""臬",差可比拟。又宋人称龙图阁学士与直学士为"大龙""小龙",亦甚别致。

3."不职"以"不"字冠名词之上合为形容词,类此者有"不法""不道"等语。能更举数例否。(注意"职""法""道"等单独不能作形容词用。)

岭外代答

周去非

周去非，浙之永嘉人，隆兴癸未进士，乾道、淳熙间服官广西。归而著《岭外代答》，记广右风俗土宜，视范石湖《桂海虞衡志》详审有加。自序云："疆场之事，经国之具，荒忽诞漫之俗，瑰诡谲怪之产，耳目所治，与得诸学士大夫之绪谈者，亦云广矣。盖尝随事笔记，得四百馀条……应酬倦矣，有复问仆，用以代答"云云。其书虽有专一之题材，与一般笔记之无所不谈者有别，而每事自为起讫，不相贯缀，固犹是随笔之体也，因亦选录若干则，以备省阅。

书中间存俗辞俚语，而大体整洁可诵。盖笔记之作，至南渡而极盛，渐为文章之一体，颇事整齐，矜尚雅正，去文集之文，一间而已，与前世之信手为之自饶本色者不相侔矣。说明之文，自来不为文家所重，以其动陷枯涩，不易出色也。是书诸记，长者或逾千言，大致皆有段落有章法，可为初学取鉴之资，说明文之上选也。

钦州博易场

凡交阯生生之具，悉仰于钦，舟楫往来不绝也。博易场在城外江东驿。其以鱼蚌来易斗米尺布者，谓之交耻蜑。其国富商来博易者，必自其边永安州移牒于钦，谓之小纲；其国遣使来钦，因以博易，谓之大纲。所赍乃金银、铜钱、沉香、光香、熟香、生香、真珠、象齿、犀角。吾之小商近贩纸、笔、米、布之属，日与交人少少博易，亦无足言。唯富商自蜀贩锦至钦，自钦易香至蜀，岁一往返，每博易动数千缗。

各以其货互缄，逾时而价始定；既缄之后，不得与他商议。其始议价，天地之不相侔。吾之富商又日遣其徒为小商以自给，而筑室反耕以老之。彼之富商顽然不动，亦以持久困我。二商相遇，相与为杯酒欢，久而降心相从。侩者乃左右渐加抑扬，其价相去不远，然后两平焉。官为之秤香交锦，以成其事。

既博易，官止收吾商之征。其征之也，约货为钱，多为虚数，谓之纲钱。每纲钱一千为实钱四百，即以实钱一缗征三十焉。

交人本淳朴，吾人诈之于权衡低昂之间，其后至三遣使较定博易场秤。迩年永安州人狡特甚。吾商之诈彼也，率以生药之伪。彼则以金银杂以铜，至不可辨；香则渍以盐，使之能沉水，或铸铅于香窍以沉之。商人率堕其术中矣。

注解

博易：交易。

生生之具：日用所需。"生生"语出《庄子·大宗师》，注家或释为"营生"。

蜑：《桂海虞衡志》：蜑，海上水居蛮也。今闽粤沿海仍有"蜑户"。

移牒：宋时公文通称曰牒，施于不相属之官署为移。

纲：成批运输之货物，见《鸡肋编》"讳名"则注。

沉香：香木之一种，其质坚实，置水中下沉，故名。

动：动辄，今日动不动就是。

缗：贯钱之绳，一贯千钱，故世俗计钱以"贯"，文言则曰"缗"。

互缄：在议价期间，中国商人在交阯商人之货物上加封，交阯商人在中国商人之货物上加封。

筑室反耕：譬喻不急于求售。楚师伐宋，久不下，将去。或曰："筑室反耕者，宋必听命。"从之。宋人惧。事见《左传·宣公十五年》。杜注云："筑室于宋，分兵归田，示无去志。"

降心：屈己从人曰"降心相从"。

侩者：会合二家交易者曰"侩"，又曰"牙"，今称"经纪人"。

征：收税，此处一句作名词用，一句作动词用（后者为本用）。

权衡：权，秤锤；衡，秤杆。

讨论

1.此篇为昔时国际货易写照，议价一节尤曲尽可喜。议价与作伪，为我国商人旧时二大恶习。在对外以物易物之场所，本无固定之价格，议价诚不可免；作伪则往往自食其果，如篇末所记。数十年前吾国出口贸易之衰减与作伪有绝大关系，自政府设立商品检验局后此风乃戢。

2. 用白话解释"天地之不相俾"，"左右渐加抑扬"，"诈之于权衡低昂之间"诸句。

3. "移牒"在今日应如何说？试与"咨""照会""公函"诸词比较。

4. "彼则……""香则……"之"则"字，在白话中有与此相当之连接词或语气词否？

5. 香渍以盐，何以便能沉于水？

蛮刀

瑶人刀及黎刀略相类，皆短刃而长靶。黎刀之刃尤短，以斑藤织花缠束其靶，以白角片尺许如鹞尾饰靶之首；瑶刀虽无文饰，然亦铦甚。

左右江峒与界外诸蛮刀相类，刃长四尺，而靶二尺，一鞘而中藏二刃，盖一大一小焉。靶之端为双圆而相并。峒刀以黑皮为鞘，黑漆饰靶，黑皮为带；蛮刀以褐皮为鞘，金银丝饰靶，朱皮为带。峒刀以冻州所作为佳，蛮刀以大理所出为佳。

瑶刀、黎刀带之于腰，峒刀、蛮刀佩之于肩。峒人、蛮人宁以大刀赠人，其小刀必不与人，盖其日用须臾不可阙，忽遇药箭，急以刀剜去其肉，乃不死。以故不以与人。今世所谓吹毛透风，乃大理刀之类，盖大理国有丽水，故能制良刀云。

注解

略：大略，大致，非略微。

刃：刀之本身，别于靶而言。不仅指刀口。

左右江峒：左右江皆郁江上游，在广西境。

冻州：宋羁縻州，在今广西龙州附近。

吹毛透风："风"即"锋"；吹毛透风即俗所谓吹毛过刃。

大理国：在今云南省地，唐为南诏，后晋时始称大理国。

丽水：金沙江流经云南境，亦称丽江，古曰丽水。

讨论

1. 此篇分三段，首述瑶刀与黎刀，次峒刀与蛮刀，又次峒人蛮人珍惜小刀。
2. 药箭之作用如何？何以急刬其肉便可不死。

槟榔

自福建、下四川、与广东西路,皆食槟榔者。客至不设茶,唯以槟榔为礼。其法,斫而瓜分之,水调蚬灰一铢许于蒌叶上,裹槟榔咀嚼,先吐赤水一口,而后啖其馀汁,少焉,面热潮红。故诗人有"醉槟榔"之句。无蚬灰处只用石灰,无蒌叶处只用蒌藤。广州又加丁香、桂花、三赖子诸香药,谓之香药槟榔。

唯广州为甚,不以贫富长幼男女,自朝至暮,宁不食饭,唯嗜槟榔。富者以银为盘置之,贫者以锡为之。昼则就盘更啖,夜则置盘枕旁,觉即啖之。中下细民,一日费槟榔百馀。有嘲广人曰:"路上行人口似羊。"言以蒌叶杂咀,终日噍饲也。曲尽啖槟榔之状矣。每逢人,则黑齿朱唇,数人聚会,则朱殷遍地,实可厌恶。客次士夫常以奁自随,制如银铤,十分为三，一以盛蒌，一盛蚬灰，一则槟榔。交阯使者亦食之。

询之于人，何为酷嗜如此？答曰："辟瘴、下气、消食。食久，顷刻不可无之，无则口舌无味，气乃秽浊。"尝与一医论其故，曰："槟榔能降气，亦能耗气。肺为气府，居膈上为华盖，以掩腹中之秽。久食槟榔则肺缩不能掩，故秽气升闻于辅颊之间，常欲啖槟榔以降气，实无益于瘴。彼病瘴纷然，非不食槟榔也。"

注解

下四川：未详，或指今之川南黔北，黔南在宋代属广南西路，故此处所举各地境壤本相接也。

斫：斩截。

蚬灰：以蚬壳炙灰。

蒌：即瓜蒌，葫芦科植物。

醉槟榔：《冷斋夜话》：东坡在儋耳，有禁女插茉莉嚼槟榔者，东坡戏书姜秀郎几间曰："暗麝着人簪茉莉，红潮登颊醉槟榔。"

更啖：频频取食之意,"更"字此种用法不经见。

噍饲：嚼食。

客次士夫：寓居之外方人士。

奁：匣。

铤：通作"锭"。

辅颊：辅即颊。

讨论

1. 本篇分三段,试各为标目。

2. 食槟榔之俗,今闽广亦已就衰,惟越南炽甚如故,黑齿朱唇几于尽人而然。槟榔当略有刺激性,嗜之者亦如饮茶与咖啡,未必有益,亦未必有大害。若云可以辟瘴,则犹之云吸烟可以避霍乱等疾,同是无稽之谈也。

3. "不以贫富长幼男女"即"不分……"之意,惟"以"字绝不可作"分"讲。试说明之。

4. 禅宗语录有"路上行人口似碑"之语,此处"路上行人口似羊"即套用此句,而改去一字。窜易成句,用为谐谑,常见于记录,亦修辞之一格也。

桄榔

桄榔，木似棕榈，有节如大竹，青绿耸直，高十馀丈。有叶无枝，荫绿茂盛。佛庙神祠，亭亭列立，如宝林然。结子叶间数十，穗下垂，长可丈馀，翠绿点缀，有如缨络，概堪观玩。

其根皆细须，坚实如铁，旋以为器，悉成孔雀尾斑，世以为珍。木身外坚内腐。南人剖去其腐，以为盛溜，力省而功倍。溪峒取其坚以为弩箭，沾血一滴，则百裂于皮里，不可撤矣。不惟其木见血而然，虽木液，一滴着人肌肤，即遍身如针刺。是殆木性攻行于气血也欤？

凡木似棕榈者有五：桄榔、槟榔、椰子、夔头、桃竹是也。槟榔之实可施药物，夔之叶可以盖屋，桃竹可以为杖，椰子可以为果蔌，若桄榔，则为器用而可以永久矣。

注解

宝林：佛典有"七宝树林"，简称"宝林"；七宝为何，则诸经互异。

旋：以绳转轴裁木为器也，今曰"车"。

盛溜：即"承溜"，承檐下雨水者；古以竹木为之，今多用马口铁。

果蓏：果蓏之别有数说。或云，木实为果，草实为蓏；或云，在地曰蓏，在树曰果；又或云，有核曰果，无核曰蓏。此处泛说，犹今言水果耳。

讨论

1. 本篇分三段，试各为标目。

2. 择观赏植物一种，仿为短记。当简括观察所得之事实，勿漫为形容语。

3. "溪峒"指"溪峒之民"，亦犹"市井""闾巷"之例。

象

交阯山中有石室，唯一路可入，周围皆石壁。交人先置刍豆于中，驱一雌驯象入焉，乃布甘蔗于道，以诱野象。象来食蔗，则纵驯雌入野象群，诱之以归。既入，因以巨石室其门。野象饥甚，人乃缘石壁饲驯雌；野象见雌得饲，始虽畏之，终亦狎而求之。益狎，人乃鞭之以箠；少驯，则乘而制之。

凡制象必以钩。交人之驯象也，正跨其颈，手执铁钩以钩其头：欲象左，钩头右；欲右，钩左；欲却，钩额；欲前，不钩；欲象跪伏，以钩正案其脑；复重案之，痛而号鸣，人见其号也，遂以为象能声喏焉；人见其群立而行列齐也，不知其有钩以前、却、左、右之也。盖象之为兽也，形虽大而不胜痛，故人得以数寸之钩驯之。久久亦解人意，见乘象者来低头跪膝，人登其颈，则奋而起行。

象头不可俯，颈不可回，口隐于颐，去地犹远，其饮食运动一以鼻为用。鼻端深大，可以开闭，其中又有小肉夹，虽芥子亦可拾也。每以鼻取食，即就爪甲击去泥垢，而后卷以入口。其饮水亦以鼻吸而卷纳诸口。村落小民新篘熟，野象逐香而来，以鼻破壁而入饮，人之大患也。象足如柱，无指而有爪甲。登高山，下峻阪，渡深水，其行臃肿，而乃捷甚。交人呼而驱之，似能与之言者。贡象之役，一象不甚驯，未几病死，呻吟数日，将死回首指南而毙。其能正丘首如此，是亦非凡兽也。

钦州境内亦有之。象行必有熟路，人于路傍木上施机刃，下属于地，象行触机，机刃下击其身。苟中其要害必死，将死以牙触石折之，知牙之为身灾也。苟非要害，则负刃而行，肉溃刃脱乃已。非其要害而伤其鼻者亦死。盖其日用无非鼻，伤则疗不可合，能致死也。亦有设陷井杀之者，去熟路丈馀，侧斜攻土以为井，使路如旧，而象行不疑，乃堕井中。世传象能先知地之虚实，非也，第所经行，必无虚土耳。

象目细畏火：象群所在，最害禾稼，人仓卒不能制，以长竹系火逐之乃退。象能害人：群象虽多不足畏，惟可畏者独象也；不容于群，故独行无畏，遇人必肆其毒。以鼻卷人掷杀，则以足蹙人血透肌，而以鼻吸饮人血。

人杀一象，众饱其肉。惟鼻肉最美烂，而纳诸糟邱片腐之，食物之一隽也。象皮可以为甲，坚甚。人或条截其皮，硾直而干之，治以为杖，至坚善云。

注解

狎：此处仅谓"近习"，无"狎玩"意。

案：今作"按"。

颐：颔下。

新醡：醡，漉酒也；酒熟则漉之，而后可饮，故名新酒为新醡。今曰"新醡熟"，则似未熟而先醡，实有语病。嗜用成语者常所不免。

贡象之役：疑指绍兴廿六年安南国王黎天祚贡金珠、沉水香、翠羽、良马、驯象事。

正丘首：《檀弓》：狐死正丘首。疏云：所以正首而向丘者，丘是狐窟穴根本之处，虽狼狈而死，意犹向此丘。

蹙：同"蹴"。

纳诸糟邱：即以酒糟糟之。

隽：肥肉，引申为甘美义。

讨论

1. 本篇分六段，前三段说交阯之象，后三段说钦州之象。试更为每段作一标题。第四段之首"钦州境内亦有之"一句，亦可属上，则通篇总说，不复有交、钦之别。此两种分段法究以何者为得？

2. 择动物一种，仿为短记。

3. "象之为兽也"，在白话应如何说？比较"蚊之为物至微也""弈之为数，小数也""其为人也"等句。

4. 左，右，前，本皆形词。"欲象左"，则"左"变内动词。"有钩以前、却、左、右之"，则复变为致动词（外动词之一特类）。"左右"又常合为一词，作"影响"讲，仍是致动用法。

岭外代答　209

5. "其饮食运动一以鼻为用"之"一","而乃捷甚"之"乃","似能与之言者"之"者",试分别为此诸字在白话中觅一恰当之译语。

蛮马

南方诸蛮马,皆出大理国;罗殿、自杞、特磨,岁以马来,皆贩之大理者也。龙、罢、张、石、方,五部蕃族,谓之浅蕃,亦产马。马乃大口,项软,趾高,真驽骀尔。唯地愈西北,则马愈良。南马狂逸奔突,难于驾驭,军中谓之"拚命抬";一再驰逐,则流汗被体,不如北马之耐。然忽得一良者,则北马虽壮不可及也。此岂西域之遗种也耶?是马也,一匹值黄金数十两;苟有,必为峒官所买,官不可得也。

蛮人所自乘,谓之座马,往返万里,跬步必骑,驰负且重,未尝困乏。蛮人宁死不以此马予人,盖一无此马,则不可返国,所谓"真堪托死生"者。闻南诏越睒之西产善马,日驰数百里,世称"越睒骏"者,蛮人座马之类也。

闻今溪峒有一黄淡色马,高止四尺馀,其耳如人指之小，其目如垂铃之大。鞍辔将来，体起拳筋，一动其缰，倏忽若飞，跳墙越堑，在乎一喝。此马本蛮王骑来，偶病，黄峒官以黄金百两买而医之，后蛮王再来，见之叹息，欲以金二百两买去，弗予之矣。尝有一势力者欲强取之，峒官凿裂其蹄，然不害于行也。此马希世之遇，何止来十一于千万哉？谓可必得，害事多矣。

注解

罗殿、自杞、特磨：皆蕃族名。《桂海虞衡志·志蛮门》云：南连邕州南江之外者，罗殿、自杞等以国名，罗孔、特磨、白衣、九道等以道名。

驽、骀：皆劣马之称。

驰：同"驼"。

真堪托死生：杜甫《咏房兵曹胡马诗》句。

越睒骏：《唐书·南蛮传》：越之西多荐草，产善马，世称"越睒骏"。七年可御，日驰数百里。

讨论

1. 本篇三段，首论蛮马，次蛮人座马，末记黄峒官所得马，由泛述逐转入特记，亦是一种章法。试择一题仿作。
2. "真堪托死生"，其实所托者为生命，死固不必托之也，此"复词偏指"之例，类此者如"异同"之常特指"异"，"利害"之常指"害"。试更忆记数语。

春虫

白鸟、鸧、鹳之属，秋则自北而南，春则自南而北，犹雁然，而地不同。静江府人谓之"春虫"。钦州盖春虫南归之地也。静江之兴安、灵川县，其人善捕，池塘平野，高木浅林，无非机井。春虫北出，必过二县，欲宿彷徨不敢下。

其捕法云：先训一春虫为媒。则于水塘遍插伪禽，若喙若立之势，以为之诱。又于塘侧跨水结小低屋以蔽人形，每晚杀小虾蟆数篮，置之小屋中。忽见春虫群飞，纵媒诱之以下，其媒能前后邀截，必诱入塘乃止。噫，此禽真卖友者耶！

春虫既已下，人乃于小屋中暗掷虾蟆，媒先来食，人乃设机械，暗于水中钩其脚而取之。其为械也，制铁钩如鹳嘴；当其折曲处，又折为小环如鹅目，令稍缺，可以钩陷春虫之胫；于钩之柄，立小梃寸许以为□□，暗行水中，度春虫近屋取食，人以铁钩暗钩其足鸧，微掣钩令胫陷入小环而不得脱，乃急于水里拽入小屋，拔其六翮复纵焉，已不能飞，姑留之以疑众禽少留，乃得以次取之。

注解

白鸟、鸧、鹳： 白鸟即鹭鸶，见《诗·周颂·振鹭篇》传。鸧，又名鸧鸡，即白顶鹤。鹳，亦名冠雀，与鹭与鹤同属涉禽类。

静江： 宋静江府治桂州，今桂林县。

六翮： 翮，羽茎。

讨论

1. 试以"养鸭"为题作短文一篇。
2. "犹雁然，而地不同。"案秦观词："衡阳犹有雁传书，郴阳和雁无。"今衡山有回雁峰，谓雁南飞不过此也。同为候鸟，何以雁与春虫之来回地域不相侔？燕之习性又如何？

3. 此处所述为比较特殊之方法，普通所用者何法？

4. 六翮犹言羽翮，不必其数为六，如《韩诗外传》云："鸿鹄一举千里，所恃者六翮耳"；而《留侯世家》即云："鸿鹄高飞，一举千里，羽翮已就，横绝四海"。大凡成语中之数字，皆不可呆看，清人汪中有《释三九》一文可取一读，并广其例。

斗鸡

芥肩金距之技,见于传,而未之睹也。余还自西广,道番禺,乃得见之。番禺人酷好斗鸡,诸番人尤甚。鸡之产番禺者,特鸷劲善斗。其人饲养,亦甚有法。斗打之际,各有术数,注以黄金,观如堵墙也。

凡鸡,毛欲疏而短,头欲坚而小,足欲直而大,身欲疏而长,目欲深而皮厚,徐步眈视,毅不妄动,望之如木鸡。如此者,每斗必胜。

人之养鸡也,结草为墩,使立其上,则足常定而不倾;置米高于其头,使耸膺高啄,则头常竖而嘴利;割截冠绥,使敌鸡无所施其嘴;剪刷尾羽,使临斗易以盘旋;常以翎毛搅入鸡喉,以去其涎而掏米饲之,或以水噀两腋——调饲一一有法。至其斗也,必令死斗,胜负一分,死生即异,盖斗负则丧气,终身不复能斗,即为鼎实矣。然常胜之鸡,亦必早衰,以其每斗屡滨死也。

斗鸡之法，约为三间：始斗步顷，此鸡失利，其主抱鸡少休，去涎饮水，以养其气，是为一间。再斗而彼鸡失利，彼主亦抱鸡少休如前，养气而复斗，又为一间。最后一间，两主皆不得与，二鸡之胜负生死决矣。鸡始斗，奋击用距，少倦则盘旋相啄。一啄得所，嘴牢不舍，副之以距。能多如是者必胜，其主见，喜见于色。

番人之斗鸡，乃尤甚焉，所谓芥肩金距，真用之。其芥肩也，末芥子糁于鸡之肩腋。两鸡半斗而倦，盘旋伺便，互刺头腋下，翻身相啄，以有芥子能眯敌鸡之目，故用以取胜。其金距也，薄刃如爪，凿柄于鸡距，奋击之始，一挥距或至断头。盖金距取胜于其始，芥肩取胜于其终。季孙于此，能无怒耶？小人好胜，为此凶毒，使微物不得生，自三代已然。

注解

芥肩金距：《左传·昭公二十五年》："季（平子）郈（昭伯）之鸡斗，季氏介其鸡，郈氏为之金距。平子怒。"注："介，捣芥子播其羽也。"金，铜铁之属。

注：用为赌博目的物之财帛曰"注"。此处用作动词，今云"下注"。

眈视：《周易》，虎视眈眈。

木鸡：《庄子·达生》：望之似木鸡矣，其德全矣。异鸡无敢应者，反走矣。

膺：胸。

冠缕：《礼·内则》疏，结缨颔下以固冠，结之余者散而下垂谓之"缕"，后世多借用"缕"字。此处"冠缕"当系混而言之。即指鸡之冠，别无缕之可言。

鼎实：置于鼎中之物。谓杀而食之也。

濒：又作"瀕"，迫近也。"濒于死"见《国语》。

凿枘：凿，穿木器，所穿之孔亦曰凿。枘，削木端以入凿，今谓之笋。"凿枘于鸡距"，谓套于鸡距之外。"凿枘"又作"不相容"解，本于《楚辞》之"圆凿而方枘

岭外代答　219

兮，吾固知其铻而难入"。

讨论

1. 试为本篇各段标目。

2. 鸡之外，鸭亦可斗，斗他鸟者亦有之；斗蟋蟀，至今犹甚通行；斗牛亦见记载。此皆人类利用动物之争斗本能以为观娱之资者，而杀生害命，诚难免于"凶毒"之讥。至如西班牙人之以人与牛相斗，古罗马人之以人与狮虎相斗，则更不仁之尤甚者。赛马赛狗，无害其生，差为可取。赛狗之事我国古代亦常为之，"斗鸡走狗"，固常连及也。

3. 以此篇与《庸闲斋笔记》"婺州斗牛俗"一篇相较，此文子鸡之选择、调饲、训练、及搏斗之经过，记之不厌其详，彼则于此等处皆数语了之，而着力在牛主及观者方面渲染，可知同类题目固可有种种不同之写法。(《婺州斗牛俗》原文附后）试以"斗蟋蟀"为题仿作一篇。

4. 本书行文，引用典故与成语颇多，因而与前录诸家风格迥异。如此篇之"芥肩金距""木鸡""鼎实""凿枘""冠缕",《钦州博易场》篇之"筑室反耕",《桄榔》篇之"果蓏",《春虫》篇之"六翮",《象》篇之"新葡""邱首""糟邱",及《槟榔》篇与《蛮马》篇之引诗入句,旨其例也。

附

《庸闲斋笔记·婺州斗牛俗》

清　陈其元

燕齐之俗斗鸡,吴越之俗斗蟋蟀,古也有然。金华人独喜斗牛,则不知始于何时。余在婺州十有六年,每逢春秋佳日,乡氓祈报祭赛之时,辄有斗牛之会。先期治觞延客,竭诚敬。比日至之时,国中千万人往矣。斗场辟水田四五亩,沿田塍皆搭台或置桌凳,以待客及本村老幼妇女卖饼饵者、卖瓜果者、装水烟者,蘷蘷缉缉然,猱杂于前后左右。牛之来也,鸣钲前导,头簪金花,身披红绸,簇拥护之者数十人。既至田中,两家各令健者四人翼其牛。二牛并峙,互相注视,良久乃前斗。斗以角,乘间抵隙,各施其巧。三五合后,两家之人即各将其牛拆开，复簇拥去。观者不知其孰胜负，而主之者已默窥其胜负矣。胜者亲友欢呼从之，若奏凯状，牛亦轩然自得，徐徐步归；负者意兴索然，即左右者俱垂头丧气焉。小负之牛，尚可养成气力，更决雌雄；大负则杀而烹之，盖锐气已挫，不能再接再厉矣。斗之日，聚集群牛，不下三五十头。其登场相角者，亦不过十数头，馀皆自崖而返耳。牛之佳者，不大胜亦不大败，次者虽败，犹能好整以暇，无辙乱旗靡态。下者则苍黄抵触，血肉淋漓，奔逃横逸，溅泥满身，冲出堤塍，掀翻台凳，不可牵挽。于是老妇孺子，暨粉白黛绿者，哗然争避。或失足田中，或倒身岸下，遗簪坠珥，衣服沾濡，头面污损，相将相扶而去。真可谓见豕负涂，载鬼一车矣。斗胜之家，张筵款客，高朋满座。主人轩眉攘臂，矜其牛之能，曰彼之角如何来，我之角如何往；彼如何攻坚，我如何蹈瑕；我意彼必从是出，而彼竟不料我从此出也。言之津津，几忘乎我之为牛，牛之为我焉。其畜牛也，卧以青丝帐，食以白米饭，酿最好之酒以饮之。亲朋相访，主人款之，呼酒。必嘱曰：慎毋以饮牛之酒来。乍闻者，以为敬客之意，殊不知饮牛之酒，乃是上上品，客不得而饮之也。牛所买来之家，呼之曰"牛亲家"，豢牛之牧童，名之曰"牛大舅"。其真正儿女亲家之亲不若与牛亲家亲。

癸辛杂识

周密

周密，字公谨，号草窗，先世济南人，南渡后侨居吴兴。密淳祐中官义乌令，宋亡不仕。善为词，有《蘋洲渔笛谱》行世，又尝选南宋词人佳作为《绝妙好词选》，复著笔记《齐东野语》《癸辛杂识》《武林旧事》等多种，皆有名，亦一时健笔之士也。《野语》多记时政，或为考证辨订之作，《杂识》则琐事杂言为多，体例不同，然其间亦有一事两见者。《杂识》作于杭州之癸辛街，故以为名，非记年也。书分前、后、续、别四集，南宋人笔记往往如此，盖当时此类书行销已广，作家受书贾之请属，随得随刊者。刊本常见者有学津讨原及津逮秘书两种。咸多讹误，今参校录写。至如"健啖"条"于役荆南"两本皆作"均役"，殊不可解，显由假"於"为"于"而又以形近误为"均"，类此者即于写录时更正。然如"大父廉俭"条"待子弟仆甚严"，"仆"字上下当脱去一字，无由臆定，亦即听之也。

健啖

赵温叔丞相,形体魁梧,进趋甚伟,阜陵素喜之。且闻其饮啖数倍常人。会史忠惠进玉海,可容酒三升。一日召对便殿,从容问之曰:"闻卿健啖,朕欲作小点心相请,如何?"赵悚然起谢。遂命中贵人捧玉海,赐酒至六七,皆饮釂。继以金拌捧笼炊百枚,遂食其半。上笑曰:"卿可尽之"。于是复尽其馀。上为之一笑。其后于役荆南,暇日欲求一客伴食不可得。偶有以本州兵马监押某人为荐者,遂召之燕饮。自早达暮,宾主各饮酒三斗,猪羊肉各五斤,蒸糊五十事;赵公已醉饱摩腹,而监押者屹不为动。公云:"君尚能饮否?"对曰:"领钧旨。"于是再进数杓。复问之,其对如初,凡又饮斗馀乃罢。临别忽闻其人腰腹间砉然有声,公惊曰:"是必过饱,腹肠迸裂无疑。吾本善意,乃以饮食杀人!"终夕不自安。

黎明，亟遣铃下老兵往问，而典客已持谒白曰："某监押见留客次谢筵。"公愕然，延之，叩以夜来所闻。踽踽起对曰："某不幸抱饥疾，小官俸薄，终岁未尝得一饱，未免以革带束之腹间。昨蒙宴赐，不觉果然，革条为之迸绝，故有声耳。"

注解

赵温叔：赵雄字温叔，淳熙五年拜相。

阜陵：宋孝宗。

史忠惠：史浩，孝宗时为相。浩初谥文惠，宁宗时改谥忠定，此云忠惠，殆作者误记。

玉海：饮器大者称"海"；玉海，盖以玉为之者。

中贵人：宦官。

釂：饮酒尽爵曰釂，犹今言干杯。《礼记·曲礼》：长者举未釂，少者未敢饮。

柈：同"槃"，今作"盘"。

笼炊：即笼饼，又称蒸饼，宋仁宗名祯，语讹近蒸，故蒸饼改称炊饼，即今之馒头。

荆南：赵雄罢柑后知江陵府事，江陵在唐为荆南节度使治所，故习称荆南。（宋为荆湖北路治所，荆湖南路则治潭州，今长沙。）

蒸糊：米面之粉，以水调和曰糊；蒸糊仍即馒头。

五十事：五十件。

铃下：古称将帅治事之所曰铃阁，铃下谓侍卫之卒，《晋书·羊祜传》：铃阁之下，侍卫者不过十数人。

典客：职司接待宾客者。

谒：通名请见为"谒"，通名之刺亦称"谒"。

见：音现，今通作"现"。

踢蹋：恐惧貌。

果然：饱也。《庄子·逍遥游》："三餐而反，腹犹果然。"

讨论

1. 试述一与饮食习惯有关之异事。

2. 旧时习以陵寝之名为帝皇之别号，如宋仁宗称昭陵，神宗称裕陵，徽宗称祐陵，高宗称思陵，孝宗称阜陵。此亦中国人名别称之一种方式，不可不知。

3. 铃阁本来联用，而"阁下""铃下"涵义绝不相同，此成语之所以为成语。能更举数例否？

4. 木之实为果，"果"乃名词，"果然"则用为形容词，"果腹"则用为动词。此种一字数用而词性不同之例，试更举之。

送刺

节序交贺之礼,不能亲至者,每以束刺金名于上,使一仆遍投之,俗以为常。余表舅吴四丈,性滑稽。适节日无仆可出,徘徊门首,恰友人沈子公仆送刺至。漫取视之,类皆亲故。于是酌之以酒,阴以己刺尽易之。沈仆不悟,因往遍投之,悉吴刺也。异日合并,因出沈刺大束,相与一笑。乡曲相传,以为笑谈。然《类说》载陶谷易刺之事,正与此相类,恐吴效之为戏耳。又杂说载司马公自在台阁时,不送门状,曰:"不诚之事,不可为之。"荥阳吕公亦言:"送门状习以成风,既劳作伪,且疏拙露见可笑。"则知此事由来久矣。

今时风俗转薄之甚,昔日投门状有大状、小状;大状则全纸,小状则半纸。今时之刺,大不盈掌,足见礼之薄矣。

注解

刺：通名之帖；古无纸，削竹木为之，故曰刺。

乡曲：乡里。

《类说》：曾慥编，摘录汉晋以来杂书小说为之，凡六十卷。

陶谷：五代末宋初人。

杂说：泛称小说笔记，非书名。

门状：即名刺。

台阁：台谓御史台，阁谓诸殿阁学士。

荥阳吕公：吕希哲，北宋名儒，哲宗、徽宗时人。

讨论

1. 名刺本作何用？

2. 名刺大不盈掌，作者已致慨叹，今则更小，才宽二三指耳。大抵取其便利，未必即为风俗转薄之证。正如昔日长袍，今多短服，亦因求行路作事之方便，不得不尔，岂亦得谓为风俗转薄？试就今昔风尚不同之一事作一短文。

3. 诠释"节序""滑稽""亲故""异日""合并"诸词语。

故都戏事

余垂髫时,随先君子故都,尝见戏事数端,有可喜者。自后则不复有之,姑书于此,以资谈柄云。

呈水嬉者,以髹漆大斛满贮水,以小铜锣为节,凡龟鳖鳅鱼皆以名呼之,则浮水面,戴戏具面舞,舞罢即沉。别复呼其他,次第呈伎焉。此非禽兽可以教习,可谓异也。

又王尹生者,善端视。每设大轮盘,径四五尺,画器物、花鸟、人物凡千馀事。必预定第一箭中某物,次中某物,次中某物。既而运轮如飞,俾客随意施箭,与预定无少差,或以数箭俾其自射,命之以欲中某物,如花须、柳眼、鱼鬣、燕翅之类,虽极微蔑,无不中之。其精妙入神如此。然未见能传其技者。

又太庙前有戴生者,善捕蛇。凡有异蛇,必使捕之。至于赤手拾取，如鳅鳝然。或为毒蝮所啮，一指肿胀如橡，旋于筴中取少药糁之，即化黄水流出，平复如初。然十指所存亦仅四耳。或欲捕之蛇藏匿不可寻，则以小苇管吹之，其蛇则随呼而至，此为尤异。其家所蓄异蛇凡数十种：锯齿、毛身、白质、赤章；或连钱，或绀碧，或四足，或两首；或仅如秤衡而首大数倍，谓之饭揪头，云此种最毒。其一最大者如殿楹，长数尺，呼之为蛇王。各随小大以筥篮贮之，日啖以肉。每呼之使之旋转升降，皆能如意。其家衣食颇赡，无他生产，凡所资命惟视吾蛇尚存耳。亦可仿佛豢龙之技矣。

又尝侍先子观潮。有道人负一篾自随，启而视之，皆枯蟹也。多至百余种：如惠文冠，如皮弁，如箕，如瓢，如虎，如龟，如蚁，如猬；或赤，或黑，或绀，或斑如玳瑁，或粲如茜锦；其一上有金银丝，皆平日目所未睹。信海涵万类，无所不有。昔闻有好事者，居海濒，为蟹图，未知视此为何如也。

杜门追想往事，戏书。

注解

垂髫："髫"同"髻"；垂髫谓垂发为未结，即童年。

先君子：古时对人自称其父，存曰"家君""家尊"，没曰"先君""先子"。今普通称"家严"与"先严"。

故都：此书作于入元之后，故称杭州为故都。

谈柄：谈话之资料。

节：节拍；此处谓以锣声指挥。

连钱：如钱之相连，即连环形。

秤衡：秤之杆。

视吾蛇尚存：柳宗元《捕蛇者说》："吾恂恂而起，视其缶而吾蛇尚存，则弛然而卧。"

豢龙：《左传·昭公二十九年》：昔有飂叔安有裔子曰董父，实甚好龙，以服事帝舜，帝舜赐之姓曰董，氏曰豢龙。

观潮：钱塘江入海处为两岸山势所逼，潮势甚大，八月中旬尤甚，远近来观。

惠文冠：汉代武官之冠，貂尾为饰，惠文之名本于战国赵惠文王。

弁：皮弁，亦武人之冠。

茜锦：茜草可染红色。

杜门：杜，塞也；言闭户不出。

讨论

1. 试即儿时所见戏事为短文。

2. "谈柄"与"话柄"有何异同？此亦成语各具个性之一例也。

3. 此篇"视吾蛇尚存"句出于柳文（见注释），而柳文又隐取张仪问其妻"视吾舌尚在不?"之语（见《史记·张仪传》）。昔人作文，以此相尚，其甚者谓当无一语无来历。居今日读古人文字，此事不可不知，却不必仿效。盖偶一为之，似若可喜，句句蹈袭，未必为文章生色，徒自苦耳。

大父廉俭

大父少傅素廉俭。侨居吴兴城西之铁佛寺,既又移寓天圣佛刹者,几二十年,杜门萧然,未尝有毛发至官府。时杨伯子长孺守湖,尝投谒造门,至不容五马车,伯子下车,顾问曰:"此岂侍郎后门乎?"为之歆叹而去。

时寓公皆得自酿,以供宾祭。大父虽食醋亦取之官库。一日与客持螯,醢味颇异常时。因扣从来,盖先姑婆乳母所为斗许,以备不时之需者,遂命亟去之。曰:"毕竟是官司禁物,私家岂可有耶?"其自慎若此!

待子弟仆甚严。虽甚暑未始去背子、鞋、袜。

注解

大父:祖父。

吴兴：今浙江吴兴县。

毛发：即丝毫之意。

杨长孺：字伯子，杨万里子。守湖州，有治绩，后制抚广东福建等路。

守湖：吴兴县属湖州。

五马车：古时载车以四马为常，惟太守出则增一马，故以五马为太守之美称，此是汉代之制，宋世未必仍用五马，然太守之车自当较民间所用为大。

寓公：仕宦之寄寓他乡者。

宾祭：宾客与祭祀。

官库：宋世酒醋皆由政府专卖，禁民自酿。

持螯：食蟹。

醯：醋。

扣：同叩，问也。

背子：今称背心。

讨论

1.俭是美德，不独物产艰难，不容浪费，亦因惟能俭始能廉，廉者，非义弗取，就个人言，乃立身处世之大纲大则，就社会言，稳定秩序之重要因素。于今时尚奢靡，流弊昭彰，在人耳目。试就此意为文论之。

2."杨伯子长孺"，称人兼字与名，文言中习见。或先字后名，如此处之例；或先名后字，如薛福成叙曾文正幕府宾僚："……郭公嵩焘筠仙，刘公蓉霞轩，李元度次青……"共八十三人，皆同此例。

文山书为北人所重

平江赵升卿之侄总管号中山者云：近有亲朋过河间府，因憩道傍，烧饼主人延入其家，内有小低阁，壁帖四诗，乃文宋瑞笔也。漫云："此字写得也好，以两贯钞换两幅与我，如何？"主人笑曰："此吾传家宝也，虽一锭钞一幅亦不可博。咱们祖上亦是宋民，流落在此。赵家三百年天下，只有这一个官人，岂可轻易把与人邪？文丞相前年过此与我写的，真是宝物也。"斯人朴直可敬如此。所谓公论在野人也。

注解

平江：宋平江府，今吴县。

总管：宋制诸州府有兵马总管。

河间府：今河北省河间县。

帖：今通作"贴"。古时无论名词动词皆作"帖"。

文宋瑞：文天祥字宋瑞，号文山。

漫：随便，不经意，似有意似无意。

博：换取。

两贯钞，一锭钞：元代行交钞，初发中统钞自十文至二贯，分十种，以一贯钞准钱一千，值银一两；以五十贯为一锭钞，银一锭重五十两也。其后钞滥物贵，改发至元钞，新钞一贯抵旧钞五贯，十贯遂为一锭。（贯与锭皆借为本位，事实上不得兑换。）

讨论

1. 试述文天祥之事迹，及得人崇敬之故。
2. "公论在野人"，是否谓士大夫昧于真是非？读书所以明理，何以读书人反不如村店野人？试说此中有何道理。
3. 此篇所记两人对语，为语录体之白话，有白话成分，亦有文言成分，唐宋人笔记中常见。其中白话词语亦有与现代用法略异者，如"换两幅与我""把与人""与我写的"之"与"今皆作"给"，"把与人"之"把"今作"拿"。

梨酒

仲宾又云：向其家有梨园，其树之大者每株收梨二车。忽一岁盛生，触处皆然，数倍常年，以此不可售，甚至用以饲猪，其贱可知。有所谓山梨者，味极佳，意颇惜之。漫用大瓮储数百枚，以缶盖而泥其口，意欲久藏，旋取食之。久则忘之，及半岁后，因至园中，忽闻酒气熏人。疑守舍者酿熟，因索之，则无有也。因启观所藏梨，则化而为水，清冷可爱，湛然甘美，真佳酝也，饮之辄醉。回回国葡萄酒，止用葡萄酿之，初不杂以他物。始知梨可酿，前所未闻也。

注解

触处：到处。

旋：随时，临时。今作"现"，如云"现做""现卖"。

初不：并不。

讨论

1. 梨化为酒，与米麦高粱之可酿酒，其理有何异同？
2. "不可售"应作"卖不了"讲，若作"不能卖"讲，句意便不可通。通常说"售"作"卖"讲，实则应讲"卖出"。文言词语与白话词语，往往貌似相当，实不相等，皆如此例。

白蜡

江浙之地旧无白蜡。十馀年间,有道人自淮间带白蜡虫子来求售,状如小芡实,价以升计。其法以盆桎树(原注:桎字未详),树叶类茱萸叶,生水旁,可扦而活,三年成大树。每以芒种前,以黄草布作小囊,贮虫子十馀枚,遍挂之树间。至五月,则每一子中出虫数百,细若蟻蠓,遗白粪于枝梗间——此即白蜡——则不复见矣。至八月中,始剥而取之,用沸汤煎之,即成蜡矣(其法与煎黄蜡同)。又遗子于树枝间,初甚细,至来春则渐大。二三月仍收其子,如前法散育之。或闻细叶冬青树亦可用。其利甚博,与育蚕之利相上下,白蜡之价比黄蜡常高数倍也。

注解

白蜡:亦曰虫白蜡,为蜡虫之分泌物,用以浇烛。

芡实：俗称"鸡头"。

扦：即插枝法。

芒种：二十四节之一，在夏至前半月。

黄蜡：蜜蜡粗制者色黄，故称黄蜡。

讨论

1. 蜡虫有两种：一栖水蜡树上，即此处所记；一栖女贞树上，即此处所谓细叶冬青树也。蜡虫雌无翅而雄有翅，雄虫交尾后即死，雌虫以所分泌蜡质涂其身以度冬，后亦死。此处所云"细若蠛蠓"及"则不见矣"皆指雄虫，至于状如小芡实之虫子，实即已涂蜡质之雌虫也。五六月间，雌虫遗体中之卵孵化而出，故曰"一子中出虫数百"。

2. 以一种昆虫之生活史为题作小记。

鱼苗

江州等处，水滨产鱼苗，地主至于夏皆取之出售，以此为利。贩子辏集，多至建昌，次至福、建、衢、婺。其法作竹器似桶，以竹丝为之，内糊以漆纸，贮鱼种于中。细若针芒，戢戢莫知其数。著水不多，但陆路而行，每遇陂塘，必汲新水，日换数度。别有小篮，制度如前，加其上以盛养鱼之具。又有口圆底为尖罩篱之状，覆之以布，纳器中。去其水之盈者，以小碗。又择其稍大而黑鳞者则去之；不去则伤其众，故去之。终日奔驰，夜亦不得息，或欲少憩，则专以一人时加动摇；盖水不定则鱼洋洋然无异江湖，反是则水定鱼死，亦可谓勤矣。至家，用大布兜于广水中，以竹挂其四角，布之四边出水面尺馀；尽纵苗鱼于布兜中。其鱼苗时见风波微动，则为阵顺水旋转而游戏焉。养之一月半月，不觉渐大，而货之。

或曰：初养之际，以油炒糠饲之，后并不育子。

注解

江州：今江西省九江县。

建昌：今江西省南城县。

福、建、衢、婺：福州，今福建省会；建州，今福建省建瓯县；衢州，今浙江省衢县；婺州，今浙江省金华县。

讨论

1.前篇及此篇皆写微物细物，看似易为，实则难工，为练习写作之重要途径。试以"养鱼""养蜂""养鸡"等为题，仿作短文。
2.诠释"辏集""戢戢""陂塘"等词语。

武林旧事

周密

风土记为笔记中最近于专书之一种。其间又可分为两类：或记山川形胜，风物土宜，《岭外代答》之类是也；或记岁时风俗，市井琐细，《武林旧事》之类是也。记岁时者，其源出于《月令》，至《荆楚岁时记》始专以人事为主；记文颇伤简略，经隋人注释，乃稍详赡可观。唐世文物之盛，迈越前代，而岁时之记，传本阙然。至宋而有《东京梦华录》《梦粱录》《武林旧事》《都城记胜》诸书，岁时之外，兼及游观之盛，娱乐之资，详备生动，俱臻上乘，不独考索史事者资为宝藏，亦都市文学之滥觞也。诸书之中，《旧事》最雅驯可诵，因甄录四篇，以供省览。

公谨此书作于宋亡之后，自序云："及客脩门，间闻退珰老监谈先朝旧事，辄（倾）耳谛听，如小儿观优，终日夕不少倦。既而曳裾贵邸，耳目益广，朝歌暮嬉，酣玩岁月，意谓人生正复若此，初不省承平乐事为难遇也。及时移物换，忧患飘零，追想昔游，殆如梦寐，而感慨系之矣。"于细致的叙写之中，渗透怀旧之感，是此书所以动人处。至若《四库提要》谓其"湖山歌舞，靡丽纷华，著其盛正著其所以衰"，隐然以教训文学视之，恐公谨亦逊谢不遑也。重印时参考中华书局校点本。

元夕

禁中自去岁九月赏菊灯之后，迤逦试灯，谓之预赏。一入新正，灯火日盛，皆修内司诸珰分主之；竞出新意，年异而岁不同。往往于复古、膺福、清燕、明华等殿张挂，及宣德门、梅堂、三闲台等处，临时取旨，起立鳌山。

灯之品极多，每以苏灯为最：圈片大者，径三四尺，皆五色琉璃所成，山水、人物、花竹、翎毛，种种奇妙，俨然着色便面也。其后福州所进，则纯用白玉，晃耀夺目，如清冰玉壶，爽彻心目。近岁新安所进益奇，虽圈骨悉皆琉璃所为，号"无骨灯"。禁中尝令作琉璃灯山，其高五丈，人物皆用机关活动，结大彩楼贮之；又于殿堂梁栋窗户间为涌壁，作诸色故事，龙凤噀水，蜿蜒如生，遂为诸灯之冠。

前后设玉棚帘，宝光花影，不可正视。仙韶内人，迭奏新曲，声闻人间。殿上铺连五色琉璃阁，皆球文戏龙百花。小窗间垂小水晶帘，流苏宝带，交映璀灿。中设御座，恍然如在广寒清虚府中也。

至二鼓，上乘小辇幸宣德门观鳌山。擎辇者皆倒行以便观赏。金炉脑麝，如祥云五色，荧煌炫转，照耀天地。山灯凡数千百种，极其新巧，怪怪奇奇，无所不有。中以五色玉棚簇成"皇帝万岁"四大字。其上伶官奏乐，称念口号致语。其下为大露台，百艺群工，竞呈奇伎。内人及小黄门百馀，皆巾裹翠蛾，效街坊清乐傀儡，缭绕于灯月之下。

既而取旨宣唤市井舞队，及市食盘架。先是京尹预择华洁及善歌呼者，谨伺于外，至是歌呼竞入。既经进御，妃嫔内人而下亦争买之，皆数倍得直，金珠磊落。有一夕而至富者。

宫漏既深，始宣放烟火百馀架。于是乐声四起，烛影纵横，而驾始还矣。

大率效宣和盛际，愈加精妙，特无登楼赐宴之事，人间不能详知耳。

都城自旧岁冬孟驾回，则已有乘肩小女鼓吹舞绾者数十队，以供贵邸豪家幕次之玩；而天街茶肆渐已罗列灯球等求售，谓之灯市。自此以后，每夕皆然。三桥等处，客邸最盛，舞者往来最多。每夕楼灯初上，则箫鼓已纷然自献于下：酒边一笑，所费殊不多。往往至四鼓乃还。自此日盛一日。姜白石有诗云：

> 灯已阑珊月气寒，舞儿往往夜深还。
> 只应不尽婆娑意，更向街心弄影看。

又云：

> 南陌东城尽舞儿，画金刺绣满罗衣。
> 也知爱惜春游夜，舞落银蟾不肯归。

吴梦窗《玉楼春》云：

茸茸狸帽遮梅额，金蝉罗剪胡衫窄；乘肩争看小腰身，倦态强随闲鼓笛。问称家在城东陌。欲买千金应不惜。归来困顿婪春眠，犹梦婆娑斜趁拍。

深得其意态也。

至节后渐有大队，如四国朝、傀儡杵歌之类，日趋于盛，其多至数十百队。天府每夕差官点视，各给钱酒油烛，多寡有差；且使之南至升旸宫支酒烛，北至春风楼支钱。终夕天街鼓吹不绝。都民士女，罗绮如云，盖无夕不然也。

至五夜则京尹乘小提轿，诸舞队次第簇拥，前后连亘十馀里，锦绣填委，箫鼓振作，耳目不暇给。吏魁以大囊贮楮券，凡遇小经纪人，必犒数十，谓之"买市"。至有黠者，以小盘贮梨藕数片，腾身迭出于稠人之中，支请官钱数次者，亦不禁也。李筼房诗云：

斜阳尽处荡轻烟，辇路东风入管弦。

五夜好春随步暖，一年明月打头圆。

香尘掠粉翻罗带，蜜炬笼绡斗玉钿。

人影渐稀花露冷，踏歌声度晓云边。

京尹幕次例占市西坊繁闹之地。蕡烛糁盆，照耀如昼。其前列荷校囚数人，大书犯由云："某人，为不合抢扑钗环，挨搪妇女。"继而行遣一二，谓之"装灯"。其实皆三狱罪囚，姑借此以警奸民。又分委府僚巡警风烛，及命都辖房使臣等分任地方，以缉奸盗。三狱亦张灯建净狱道场，多装狱户故事，及陈列狱具。

邸第好事者，如清河张府，蒋御药家，间设雅戏烟火：花边水际，灯烛灿然。游人士女纵观，则迎门酌酒而去。又有幽坊静巷，好事之家，多设五色琉璃泡灯，更自雅洁；靓妆笑语，望之如神仙。白石诗云：

沙河云合无行处，惆怅来游路已迷。

却入静坊灯火空，门门相似列蛾眉。

又云：

游人归后天街静，坊陌人家未闭门。
帘里垂灯照樽俎，坐中嘻笑觉春温。

或戏于小楼，以人为大影戏，儿童喧呼，终夕不绝。此类不可遽数也。

西湖诸寺，惟三竺张灯最盛，往往有宫禁所赐，贵珰所遗者。都人好奇，亦往观焉。白石诗云：

珠珞琉璃到地垂，凤头衔带玉交枝。
君王不赏无人进，天竺堂深夜雨时。

注解

禁中：宫中。帝王之居，禁止常人入内，故曰禁中。

迤逦：连延貌，本只用于空间，此处用于时间，可作

"渐次"解。

修内司：隶将作监，掌宫城太庙缮修之事。

诸珰：珰为宦官冠饰，因即用以称宦官。

苏灯：苏州所进者。

琉璃：玻璃古亦称琉璃。琉璃瓦不透明，决不用以制灯也。

便面：扇。

新安：今安徽省歙县。

仙韶：韶，舞乐，古乐之美者。仙，谓其不类人世所有。此处连用，用为乐队美称。

内人：宫人。

人间：意即民间。旧时常以天上喻帝王所居。

流苏：古以采羽垂饰为流苏，其后亦剪绘彩为之，即今所谓飘带。

广寒清虚府：《天宝遗事》谓唐明皇游月宫，见榜曰"广寒清虚之府"。

小辇：王者之车谓之辇。辇用人挽，此云"擎辇人"，或系肩舆之类。

脑麝： 脑谓龙脑，即冰片。麝谓麝香。

口号，致语： 乐工所进祝颂之辞。先俪文一段，谓之致语，继以诗一章，谓之口号。

黄门： 即阉人，通称太监。因东汉黄门令、中黄门诸官皆宦者任之，故有是称。

翠蛾： 蛾谓眉（出于《诗·卫风》"蝤首蛾眉"，其解释自来注家未能一致）。古时女子有以黛（青黑色颜料）画眉之俗，故谓之翠蛾。

磊落： 众多而错杂貌。

清乐傀儡： 当时傀儡戏有多种，清乐傀儡是其一。

乘肩： 谓为人背负，言其幼小。

舞绾： 绾字用于此处，不详何义。

姜白石： 南宋人。名夔。工诗词，晓音律。

婆娑：《诗·陈风》"婆娑其下"，传谓"婆娑，舞也。"

银蟾： 古时神话谓月中蟾蜍，故借以称月，或曰玉蟾，或曰银蟾，银玉皆言其光洁。

吴梦窗： 吴文英，号梦窗，亦南宋有名词人。

玉楼春： 词调名。

狸帽：狐皮所制之帽。

梅额：古时女子或以朱点额，状如梅花，号梅花妆。

金蝉：金谓金珰，蝉谓蝉文，皆冠饰。

胡衫窄：仿胡人之衫，束身窄袖。舞装也。

㸰：困也。

趁拍：应乐而舞也。

至节：冬至节。

四国朝，傀儡杵歌：皆舞队名。

天府：谓临安府，当时之首都也。

五夜：《能改斋漫录》卷十七："京师上元，国初放灯止三夕，时钱（俶）纳土，进钱买两夜，其后十七、十八两夜灯，因钱而添，故词云'五夜'。"

京尹：临安府尹。

楮券：纸币。

管弦：乐器大别为管弦两类，故以管弦称乐曲。

打头：开始，初次。

蜜炬：以蜜蜡制成之烛。

蕡烛糁盆：蕡，麻也。粥凝谓之糁。《荆楚岁时记》：除夕作賷烛，以麻糁浓油如庭燎。《熙朝乐事》：除夕架松柴齐屋，举火焚之，谓之糁盆。二者在此处皆用为火炬之雅语。

荷校：即带枷。校，《说文》谓之"木囚"。

犯由：犯罪之情由，今语谓之罪状。

挨搪：挨，靠；搪，碰（《元典》中作"汤"）。

行遣：处置也。此处大约指笞责。

都辖房使臣：如今警官或侦缉队队长之类。

三狱：宋制，京师官寺凡有狱囚皆系开封府司录司及左右军巡院三处（神宗时曾置大理狱，元祐复废）。南渡后，临安府亦设置左右厢官以听讼，各有囚系，并府狱为三狱。

清河张府：张俊封清河郡王。

影戏：灯影戏宋代盛行。本剪人像为之，今即以真人为之，故曰大影戏。

三竺：上、中、下三天竺，皆西湖名胜，各有佛寺。

讨论

1. 故乡灯节情形如何？除灯彩外有其他节目否？试仿此文记之。
2. "年异而岁不同"，有语病否？
3. 解释下列词语：俨然，翎毛，夺目，市井，客邸，困顿，填委，耳目不暇给，府僚，风烛，樽俎。

西湖游赏

淳熙间寿皇以天下养，每奉德寿三殿游幸湖山。御大龙舟，宰执从官以至大珰，应奉诸司及京府弹压等，各乘大舫，无虑数百。

时承平日久，乐与民同，凡游观买卖，皆无所禁。画楫轻舫，旁午如织。至于果蔬、美酒、关扑、宜男、戏具、闹竿、花篮、画扇、彩旗、糖鱼、粉饵、时花、泥婴等，谓之"湖中土宜"。又有珠翠冠梳、销金彩缎、犀钿、髹漆、织藤、窑器、玩具等物，无不罗列。如先贤堂、三贤堂、四圣观等处最盛；或有以轻桡趁逐求售者。歌妓、舞鬟，严妆自炫，以待招呼者，谓之"水仙子"。至于吹弹、舞拍、杂剧、杂扮、撮弄胜花、泥丸、鼓板、投壶、花弹、蹴鞠、分茶、弄水、踏混木泼盆、杂艺散耍、讴唱息器、教水族飞禽、水傀儡、鬻水道术、烟火、起轮、走线、流星、火爆、风筝，不可胜数，总谓之"赶趁人"。盖耳目不暇给焉。

御舟四垂珠帘锦幕，悬挂七宝珠翠、龙船梭子、闹竿、花篮等物。宫姬韶部，俨如神仙，天香浓郁，花柳避妍。小舟时有宣唤赐予；如宋五嫂鱼羹，尝经御赏，人所共趋，遂成富媪。朱静佳六言诗云：

> 柳下白头钓叟，不知生长何年。
> 前度君王游幸，卖鱼收得金钱。

往往修旧京金明池故事，以安太上之心，岂特事游观之美哉。

湖上御园，南有聚景、真珠、南屏，北有集芳、延祥、玉壶，然亦多幸聚景焉。

一日御舟经断桥，桥旁有小酒肆，颇雅洁。中饰素屏，书《风入松》一词于上。光尧驻目称赏久之，宣问何人所作，乃太学生俞国宝醉笔也。其词云：

一春常费买花钱，日日醉湖边。玉骢惯识西泠路，骄嘶过沽酒楼前。红杏香中歌舞，绿杨影里秋千。

东风十里丽人天，花压鬓云偏。画船载取春归去，馀情在湖水湖烟。明日重携残酒，来寻陌上花钿。

上笑曰："此词甚好。但末句未免儒酸。"因为改定，云："'明日重扶残醉'，则迥不同矣。"即日命解褐云。

西湖天下景，朝昏晴雨，四序总宜；杭人亦无时而不游，而春游特盛焉。承平时，头船如大绿、间绿、十样锦、百花宝、胜明玉之类，何翅百馀；其馀则不计其数。皆华丽雅靓。夸奇竞好，而都人凡缔姻，赛社，会亲，送葬，经会，献神，仕宦恩赏之经营，禁省台府之嘱托，贵珰要地，大贾豪民，买笑千金，呼卢百万，以至痴儿騃子，密约幽期，无不在焉。日糜金钱，靡有纪极，故杭谚有"销金锅儿"之号，此语不为过也。

都城自过收灯，贵游巨室，皆争先出郊，谓之探春。至禁烟为最盛。龙舟十馀，彩旗叠鼓，交午曼衍，粲如织锦。内有曾经宣唤者，则锦衣花帽，以自别于众。京尹为立赏格，竞渡争标；内珰贵客，赏犒无算。都人士女，两堤骈集，几于无置足地；水面画楫栉比如鱼鳞，亦无行舟之路。歌欢箫鼓之声，振动远近，其盛可以想见。

若游之次第，则先南而后北，至午则尽入西泠桥里湖，其外几无一舸矣。弁阳老人有词云：

> 看画船尽入西泠，闲却半湖春色。

盖纪实也。

既而小泊断桥，千舫骈聚；歌管喧奏，粉黛罗列，最为繁盛。桥上少年郎，竞纵纸鸢以相勾引，相牵剪截，以线绝者为负。此虽小技，亦有专门，爆仗、起轮、走线之戏，多设于此。至花影暗而月华

生,始渐散去。绛纱笼烛,车马争门,日以为常。张武子诗云:

> 帖帖平湖印晚天。踏歌游女锦相牵。
> 都城半掩人争路,犹有胡琴落后船。

最能状此景。

茂陵在御,略无游幸之事,离宫别馆,不复增修。黄洪诗云:

> 龙舟大半没西湖,此是先皇节俭图。
> 三十六年安静里,棹歌一曲在康衢。

理宗时亦尝制一舟,悉用香楠木抢金为之,亦极华侈,然终于不用。

至景定间,周汉国公主得旨偕驸马都尉杨镇泛湖。一时文物亦盛,仿佛承平之旧,倾城纵观,都人为之罢市。然是时先朝龙舫久已沉没,独有小舟号

"小乌龙"者，以赐杨郡王之故尚在。其舟平底有柁，制度简朴。或云此舟每出，必有风雨。余尝屡乘，初无此异也。

注解

寿皇：宋孝宗。孝宗内禅后，光宗上尊号曰至尊寿皇圣帝。

以天下养：高宗禅位于孝宗，孝宗贵为天子，得尽天下所有以为养系之资。

德寿三殿：高宗逊位后居德寿宫。三殿，据《演繁露》，宋有太皇太后时，并皇太后皇后称三殿；其天子乘舆行幸，奉太后偕皇后以出，亦曰三殿。据此则德寿三殿当指高宗、吴后、与韦太后，然韦后卒于绍兴二十九年，在高宗内禅之先，似不应计入。

旁午：颜师古《汉书》注：一纵一横为旁午，犹言交横也。

关扑：赌掷财物，如今之抽彩。

宜男，闹竿等：此下诸名色，其详不尽传。

金明池故事：金明池在汴京西门外，为东都禁苑之最著者。《东京梦华录》：三月一日开金明池及琼林苑，驾幸二处观百戏，并纵民游观。自三月一日至四月八日闭池，虽大风雨亦有游人，略无虚日。

光尧：孝宗即位后，上高宗尊号曰光尧寿圣太上皇帝。

西泠：西湖有西泠桥。

解褐：褐，粗市之衣，寒贱之人所服。解褐亦曰释褐，谓脱去布衣服官服也，特指进士及第授官。

四序：四时，四季。

买笑：狎妓。

呼卢：古樗蒲之戏，有卢雉等色，卢为最胜之色，雉次之。故通称赌博为呼卢喝雉。

收灯：《东京梦华录》：十六夜收灯。

禁烟：即寒食。

交午：纵横交错。

曼衍：变化。

两堤：苏堤，白堤。

弁阳老人：即本书作者别号之一。此处所引两句见《曲游春》一首。

断桥：在白堤东端。

粉黛：妇女多傅粉画黛，因即以粉黛称妇女。

茂陵：宋宁宗。宁宗在位三十年，此诗云三十六年，乃并光宗五年计之，光宗即位即患精神病，宁宗立为皇太子，为事实上之皇帝。

在御：在位。

康衢：《列子》：尧冶天下五十年，微服游于康衢，闻歌曰：立我蒸民，莫匪尔极，不识不知，顺帝之则。

抢金："抢"又作"戗"，谓于物体作阴文，以金平之，即古"错金"之意。

景定：理宗最后年号。

周汉国公主：理宗女。宋代公主之特见爱重者多封两国。

杨郡王：宁宗杨后兄次山封永阳郡王。次山二子：谷、石。谷封新安郡王，石封永宁郡王。《外戚传》于石独详，此郡王疑即指石。杨镇或即石子，传但云次山孙。

讨论

1. 故乡或经历各地，不乏湖山胜景，试写其游观之盛。（勿作游记写。）

2. 本书文字，虽属随笔一类，而颇事藻饰。间有骈俪句，如本篇之"买笑千金，呼卢百万""绛纱笼灯，车马争门"皆是。"仕宦恩赏之经营"一段即其一例，试于本篇及他篇更举数例。

3. 不说"与民同乐"而说"乐与民同"，用成语而略加点窜，便觉推陈出新。成语之太熟者往往有滥调之嫌，如此即可避免。

4. 以"粉黛"代妇女，亦犹之"巾帼""裙钗"，皆修辞上之替代格也。试增列数例。

5. 解释下列词语：无虑，驻目，何翅，要地，纪极，骈集，栉比，倾城。

观潮

　　浙江之潮，天下之伟观也。自既望以至十八日为最盛。方其远出海门，仅如银线；既而渐近，则玉城雪岭，际天而来，大声如雷霆，震撼激射，吞天沃日，势极雄豪。杨诚斋诗云"海涌银为郭，江横玉系腰"者是也。

　　每岁，京尹出浙江亭，教阅水军。艨艟数百，分列两岸；既而尽奔腾分合五阵之势，并有乘骑、弄旗、标枪、舞刀于水面者，如履平地。倏而黄烟四起，人物略不相睹，水爆轰震，声如崩山；烟消波静，则一舸无迹，仅有敌船为火所焚，随波而逝。

　　吴儿善泅者数百，皆披发文身，手持十幅大彩旗，争先鼓勇，溯迎而上，出没于鲸波万仞之中，腾身百变，而旗尾略不沾湿，以此夸能。而豪民贵宦，争赏银彩。

江干上下十馀里间，珠翠罗绮溢目，车马塞途，饮食百物，皆倍穹常时，而僦赁看幕，虽席地不容间也。

禁中例观潮于"天高图画"。高台下瞰，如在指掌。都民遥瞻黄伞雉扇于九霄之上，真若箫台蓬岛也。

注解

浙江：钱塘江。

既望：十六日。

杨诚斋：南宋人，名万里。工诗。历仕孝、光、宁三朝。

文身：身上刺花。

十幅：谓以十幅布缝制之大旗，非谓一人持十面旗也。

鲸波：因鲸之所至波涛汹涌，故称；非必有鲸也。

倍穹：其值倍昂。穹，高也。

席地：一席之地。席非动词。

天高图画：一席之地。席非动词。

如在指掌：指诸掌（出《论语》），言其明悉易见。但此指字是动词，今云如在指掌，实不甚妥。

箫台：当即仙台之意。云箫台，疑用秦穆公为箫史、弄玉筑凤台事。

蓬岛：古时神话谓海中有神山，名蓬莱，神仙所居。

讨论

1. 浙江之潮何以为天下之伟观？又何以以八月十六至十八为最盛？能说明否？

2. "如在指掌"有语病，已见注释，用成语稍一不慎即有斯弊。昔有人在"汗牛充栋"间加一"之"字，一时大致讥嘲；复有于文中用"意表之外"者，亦为人诟病。其实此等疵类，虽名家亦所不免。然学文者亦不得以为藉口也。

3. 解释下列词语：际天，沃日，鼓勇，九霄。

岁晚节物

都下自十月以来，朝天门内外，竞售锦装新历、诸般大小门神、桃符、锺馗、狻猊、虎头，及金彩镂花春帖、幡胜之类，为市甚盛。

八日则寺院及人家用胡桃、松子、乳蕈、柿、栗之类作粥，谓之"腊八粥"。医家亦多合药剂，侑以虎头丹、八神屠苏，贮以绛囊，馈遗大家，谓之"腊药"。至于馈岁盘合、酒担、羊腔，充斥道路。

二十四日谓之"交年"。祀灶用花饧、米饵，及烧替代，及作糖豆粥，谓之"口数"。市井迎傩，以锣鼓遍至人家，乞求利市。

至除夕，则比屋以五色纸钱、酒、果以迎送六神于门。至夜，蕡烛糁盆，红映霄汉，爆竹鼓吹之声，喧阗彻夜，谓之"聒厅"。小儿女终夕博戏不寐，谓之"守岁"。又明灯床下，谓之"照虚耗"。及贴天行帖儿、财门于楣。祀先之礼，则或昏或晓，各有不同。如饮屠苏、百事吉、胶牙饧、烧术、卖懵等事，率多东都之遗风焉。

守岁之词虽多，极难其选。独杨守斋《一枝春》最为近世所称，并书于此云。

爆竹惊春，竞喧阗夜，起千门箫鼓。流苏帐暖，翠鼎缓腾香雾，停杯未举，奈刚要送年新句。应自赏歌字清圆，未夸上林莺语。

从他岁穷日暮，纵闲愁，怎减刘郎风度？屠苏办了，迤逦柳忻梅妒。宫壶未晓，早骄马绣车盈路。还又把月夕花朝，自今细数。

注解

新历：次年之历本。

桃符：古时新年以桃木板二悬门旁，上书神将名，藉以辟邪，谓之桃符。至五代时又于其上题联语，后世春联之制始此。

锺馗：又作锺葵，俗传其捉鬼而啖之，故图其像以祛邪魅。《梦溪笔谈》谓始于唐明皇梦中所见，实则南北朝时已多用锺葵为名，其起源当甚古。《通俗编》谓即《考工记》之终葵，近是。

春帖：新年书吉祥语帖于壁间谓之春帖。

幡胜：《酉阳杂俎》：立春日，上大夫之家翦纸为小幡，或悬于佳人之首，或缀于花下。又翦纸为春蝶、春钱、春胜以戏之。宋世多翦彩或？金箔为之。胜，妇女首饰名，合两斜方以成形者谓之方胜。

八神屠苏：元日进屠苏酒，见《荆楚岁时记》，盖药酒之一种。屠苏，草名。医家多用六神为说，盖指心、肺、肝、肾、脾、胆六脏之神。八神未详。

充斥：充，满；斥，见；言其多也。

烧替代：以纸为人形焚之，为焚者替死之意。

傩：驱逐疫鬼中仪式。

六神：《楚辞》：讯九魌与六神。注家谓即舜典之六宗，然六宗之解亦复人各为说。

天行帖儿：宋世俗语谓时疫为天行，尤以指天花为多。

天行帖儿当如今世小儿衣端所缝"天花已过"布条。

财门：殆即今世"对我生财"之类。

胶牙饧：即麦芽糖。《荆楚岁时记》：元日食胶牙饧，取胶固之义。

卖憕：如今世贴"小儿夜惊"帖子，及于除夜敲人家门，说"送撒尿娃娃"之类。

东都：汴京。

上林：秦汉有上林苑。

刘郎：古时传说有刘晨阮肇，入天台山采药，遇仙女。为中国文学上有名故事。此处泛用自指，与采药遇仙事无关。

宫壶：古用铜壶漏水以计时。

讨论

1. 记故乡新年风俗。

2. 自古岁时风俗，名色繁多，绵历数千年，至最近二三十年而突衰，此中原故有可说者否？

3. 酒担、羊腔，其构造与车辆、船只相同，为复合名词中颇为特异之一型式。试广其例。

附录一：三版跋

《老学庵笔记选》在《国文杂志》发表的时候，有一位则厂先生写信给杂志编者，对于"不了事汉"一则补加解说，非常精到。这封信发表在《国文杂志》的二卷四期上，《笔记文选读》结集单行的时候我手头恰巧缺少这一期，没有来得及在注解里采用。现在重印，虽有补正的机会，但改版费事，只能把则厂先生的信摘钞如次：

> "了事""不了事"本为宋代成语……秦桧主议和，曾对主战派说："诸公皆分大名以去，某但欲了天下事耳。"他很自负这句话，并筑一"了堂"，以诗为记，有"欲了世缘那得了"之句。见《东瓯金石志》。所以王梅溪诗有"愿借龙湫水，一洗了堂碑"等语……所以施全刺秦不成，被刑于市，有人朗声说"此不了事汉，不

斩何为！"也有双关意思：一方面固然指刺秦不成为不了事。同时也等于说"这个爱国军人还不应该杀吗！"闻者皆笑，因为这话表面上骂施全，而实际上却把秦桧骂得入骨三分，无话可辩……施全一案当时曾感动过许多人。朱熹说："举世无忠义气，忽见施全身上发出来。"（见《瑯琊代醉篇》）《野老记闻》亦曾记施案。陆放翁自己是个爱国军人，时时刻刻想领兵去打金人，所以他也特别同情施全。老学庵留此一则笔记，且以"不了事汉"为标题，不是无因的。

钞完这封信以后，除了感谢则厂先生而外，我只有一句话要说明：《老学庵笔记》原书没有各则的标题，标题是我加上去的。《世说新语》，《梦溪笔谈》，《鸡肋编》，也都是如此。

叔湘
1949 年 3 月

附录二：一九五五序

我最初选辑这本书是应《国文杂志》的邀约，目的在于为初学文言的青年找点阅读资料。一九四三年曾经集印单行，后来因为这样的书需要者不多，书店里很久没有重印了。最近上海古典文学出版社来信，说这本书里所选的作品也都有一定的文学价值，准备重印，要我略加修订，并且在前面说几句关于笔记文学的话。

我对于中国文学史没有研究，只是有这么一个感觉，从先秦以后到白话文学兴起以前，中间这一千多年里，散文文学是远远落后于韵文文学的。这个时期的大作家，司马迁以外，数来数去就只有诗人的名字。连最有名的散文作家韩愈和苏轼，也好像是他们的诗比他们的文更可取似的。这不仅仅是我个人的偏见，也有别人说过。打开《古文辞类纂》之类的书来看看，可以算作优秀的文学作品的实在不太多。其实这一时期的散文文学，如果不限于第一流的作品，还是有相当多数量的，只是文集里不多，应该到《杂书》里去找罢了。所谓《杂书》，包括多种，而数量最多的是笔记，这里面是有很多好东西的。这个事实应该怎样解释，文学史家一定大有可说。我所能说的只有一点，就是本书初版序文中所说，"笔记作者不刻意为文，只是遇有可写，随笔写去，是'质胜'之文，风格较为朴质而自然"。笔记文学的为人爱好，这应该说是原因之一。

随笔之体肇始魏晋，而宋人最擅胜场，本书选辑始于《世说新语》而终于《武林旧事》，凡九种，而宋人之作居其七。选录的时候不能漫无边际，大略定了个标准，初版的序文里曾有说明："搜神志异与传奇小说之类不录，证经考史与诗话文评之类也不录。前者不收，倒没有什么破除迷信的意思，只是觉得六朝志怪和唐人传奇都可另作一选，并且已有更胜任的人做过。后者不取，是因为内容未必能为青年所欣赏，文字也大率板滞寡趣。所以结果所选的，或写人情，或述物理，或记一时之谐谑，或叙一地之风土，多半是和实际人生直接打交道的文字，似乎也有几分统一性。随笔之文似乎也本来以此类为正体。"

本书所辑只有九十多则，要论笔记文学的代表作品，当然不止此数。当初选辑的时候，为了便于青年阅读，求其简短浅显，有些篇幅较长或需要注解较多的都放过了。如果作为文学作品来选，种类和篇数都还应该放宽些，文字深浅也可以不必多所顾虑。好在有名的笔记并不难得，读者有兴趣，可以随时博览。本书只是一个初步介绍而已。

吕叔湘

1955年7月3日

附录三：叶圣陶序

一

青年们个个都捧着语文教本，可是不一定个个都想过语文教本是什么东西，有什么作用。通常以为语文教本选的是些好篇章，人人必读的，读了这个，就吸尽了本国艺文的精华。读起来又怀着一种神秘的想头，只要一味地读着，神智就会开朗起来，笔下就会畅达起来。这未免看得简单了些。人人必读的好篇章，判别的标准就不容易定：前些年许多专家给青年们开必读书目，开出来几乎各个不同，他们当然各有标准，但共同的标准不容易定，从此也可以见出。就说选的确是十足道地的好篇章，语文教本也不过是薄薄的小册子，而以为天下之道仅在于是，所见未免欠广。再说"开卷有益"也只是句鼓励人家的话；实际上，把篇章读得烂熟，结果毫无所得，甚至把个头脑读糊涂了,这样的人古今都有;毫无所得是无益,把个头脑读糊涂了是非但无益,而且有害。所以,认为一味的读具有魔法似的作用,未见得妥当。

　　语文教本不是个终点;从语文教本入手,目的却在阅读种种的书。说到了解,就牵涉到能力的问题:能力的长进得靠训练,能力的保持得靠熟习,其间都有个条理,步骤,总之不能马马虎虎一读了之。所以语文教本需要"精读";并不是说旁的书就可以马马虎虎地读,只是说在读语文教本的时候,养成了精读的能力,读旁的书才不至于马马虎虎。精读的条理、步骤,读得多了,绝不会全没悟出;但如果经人指导,是那领悟直捷而且周遍,自然更好。语文教本所以要待老师来教,就在于此。老师不是来"讲书"的,尤其不是来"逐句逐句的翻",把文言翻为白话,把白话翻为另一个说法的白话的;他的任务在指导学生精读,见不到处,给他们点明,容易忽略处,给他们指出,需要考证比较处,给他们提示,当然,遇到实在搅不明白处,还是给他们讲解。——这一节说语文教本的性质跟作用。

这个认识很寻常,可是很关紧要。有了这个认识,就不会把语文教本扔在抽屉角里,非不得已再也不翻一翻;也不会把语文教本认作唯一的宝贝,朝夜诵读而外,不再涉及旁的书。你想,语文教本好比一个锁钥,用这个锁钥可以开发无限的库藏——种种的书,你肯把它扔在抽屉角里吗?锁钥既已玩熟,老玩下去将觉乏味,必然要插入库藏的锁眼,把库藏开开,才感满足;于是你渐渐养成广泛读书的习惯。这样,语文素养有了,读书习惯有了,岂不是你一辈子的受用?

二

现在中学里的语文教本,白话文言兼收;就材料说,从现代人的随笔小说,以至经史子集,几乎无所不包。这个风气在十一二年间开始,到现在二十年,一直继承下来。当时白话文运动迅速展开,大家认为白话文与古文一样，有在课内研读的必要；于是白话取得了编入教本的资格。至于无所不包，那是把"举例"的意思推广到极端的办法；譬如说，桌子上放着几十样好菜，教本就从每一样里夹一筷子，舀一调羹，教你都尝一点儿。这种编辑方法并不是绝无可商之处的。前一篇彭端淑的《为学》，后一篇朱自清的《背影》，前一篇孟子的《鱼我所欲也章》，后一篇徐志摩的《我所知道的康桥》，无论就情趣上文字上看，显得多么不调和。不调和还没有什么，最讨厌的是读过一篇读下一篇，得准备另外一副心思；心思时常转换，印入就难得深切。再说经史百家都来一点，因受时代的限制，无论编辑怎样严守"切合现代生活"的标准，总不免选入一些篇章，让青年们觉得格格不入。例如墨子的《非攻》，王粲的《登楼赋》，韩愈的《原毁》，欧阳修的《朋党论》，这些东西并没有什么深文大意，青年们也很容易了解；可是只认为古人说过的一番话，要沉浸其中，心领神会，就未必能办到。如果这类篇章所占成分不少，那么，原来的每样都尝一点儿的好意，反而得了每样都只是浅尝的劣果。但是人总喜欢在走熟了的路上走，二十年来，教本出了不知多少种，都继承着十一二年间的规模，并无改革。

然而改革的议论也并不是没有。有人主张把现代白话跟文言分开来教，作为两种课程，使用两种教本。他们以为现代白话虽然不少承袭文言的地方，而这并非截然无关的两个系统，但现代白话跟普通文言的差异，比起普通文言跟古文的差异来，还多得多；无论普通文言或荒远的古文，不问在写作的当时上口不上口，在现今看，总之可以包括成一大类，叫作古文；而现代白话是现代上口的语言，又成一类。这两类在理法上差异很多，在表达上也大不一样，要分开来学习才可以精熟，不然就夹七夹八，难免糊涂；两相比较当然是需要的，但须待分头弄清楚了才能比较，开头就混合在一起，不分辨什么是什么，比较也只是徒劳。这个主张着眼在学习的精熟，见到白话文言混合学习，结果两样都不易精熟，就想法改革。效果如何虽还不得而知，值得试办却是无疑的。

关于语文教本的选材，也有人主张须在内容跟形式两方面找出些条件来做取舍的标准。内容方面，大概可以凭背景的亲近不亲近，需要的迫切不迫切，头绪的简明不简明这几个条件；形式方面，大概可以凭需要的迫切不迫切，结构的普通不普通，规律的简单不简单这几个条件。这就跟每样都尝一点儿的办法不一样；每样都尝一点儿的办法是只问好菜，这个办法却顾到吃的人的脾胃，顾到他的真实得到的营养。上下古今泛览一阵子，在要求博通的人自然是好，但在语文课程里是不是也该如此，确是个疑问。着眼在背景、头绪、需要、结构、规律等等方面，也许可以使学习的人受用得多吧。而这样的着眼，必然有若干篇章，虽属好菜，可不在入选之列。这当然也值得试办。

三

吕叔湘先生这部《笔记文选读》就是按照以上主

张试办的语文教本。专选文言，为的是希望读者学习文言，达到精熟的地步。文言之中选笔记，笔记之中又专选写人情、述物理，记一时的谐趣，叙一地之风土，那些跟实际人生直接打交道的文字，为的是内容富于兴味，风格又比较朴实而自然，希望读者能完全消化，真实得到营养。没经过试用，效果如何不敢说。假如有些有心的老师，采取这个本子好好地教他们的学生，或者有些有志的青年，采取这个本子认真地自己研读，那成绩是好是坏（好就是说比较白话文言混合学习的时候，文言的程度见得高强，坏就是说见得不如），就可以判定这个本子的效果是正是负；同时也约略可以判定有了二十年传统的语文教本需要不需要改革。

对于文字写成的篇章，一般人心目中都有普通文跟文学作品的分别。若问什么是普通文，什么是文学作品，似乎又不容易说清楚。现在且不谈这个，单就人生实用上说，一个人不一定要写一般人心目中的文学作品，可必须写一般人心目中的普通文。看见什么，听见什么，记得下来，想到什么，悟到什么，写得出来，只要写记的大致不走样，文字方面没有毛病，给人家看可以了了，这样一个人在写作方面也就很可以满足了。这些正是普通文；按体来说，又多半是记叙文。除非对宇宙人生有所觉解，像老子，人不会想写一部《道德经》，除非身处政界，感触很多，意欲有所劝惩，像欧阳修，人不会想写一篇《朋党论》；这儿不问《道德经》跟《朋党论》是普通文还是文学作品，总之可见论说文跟著述文，在多数人是不大写的。给多数人预备语文教本，一半总带着供给写作范式的意思，那自然该多选记叙文，少选论说文跟著述文，甚至于完全不选。吕先生这个选本，取材以笔记为范围，几乎全是记叙文，对于读者日常写作，该会有不少帮助。在阅读的当儿，同时历练观察的方法，安排的层次，印象的把捉，情趣的表出，这些逐渐到家，就达到什么都记得下来，什么都写得出来的境地。并且，这些跟白话文言不生关系，从这儿历练，对于白话的写作同样的有好处。

这个选本有吕先生写的"注释与讨论",这是所谓的指导工作,属于老师分内的事儿。通行的语文教本也有加入这一部分的,可是平心地说,并非阿其所好,吕先生的才真做到了"指导"。他用心那么精密,认定他在指导读者"读文言",处处不放松;他使读者不但得到了解,并且观其会通。在现代青年,文言到底是一种比较生疏的语言,不经这样仔细咀嚼,是很难弄通的。他的指导又往往从所读的篇章出发,教读者想开去,或者自身体验,或者旁求参证;这无关于文言不文言,意在使读者读书,心胸常是活泼泼的,不至于只见有书,让书拘束住了。愿意读者好好地利用这个本子。

叶圣陶

图书在版编目（CIP）数据

笔记文选读 / 吕叔湘著. -- 上海：上海文艺出版社, 2021（2022.8重印）
（艺文志文库）
ISBN 978-7-5321-7893-3

Ⅰ.①笔… Ⅱ.①吕… Ⅲ.①古典文学－文学欣赏－中国 Ⅳ.①I206.2

中国版本图书馆CIP数据核字(2020)第271179号

发 行 人：毕　胜
责任编辑：肖海鸥
特约编辑：黄德海
书籍设计：张　卉 / halo-pages.com
内文制作：常　亭

书　　名：笔记文选读
作　　者：吕叔湘
出　　版：上海世纪出版集团　　上海文艺出版社
地　　址：上海市闵行区号景路159弄A座2楼 201101
发　　行：上海文艺出版社发行中心
　　　　　上海市闵行区号景路159弄A座2楼206室 201101 www.ewen.co
印　　刷：苏州市越洋印刷有限公司
开　　本：1240×890　1/32
印　　张：9.625
插　　页：4
字　　数：126,000
印　　次：2021年7月第1版　2022年8月第3次印刷
I S B N：978-7-5321-7893-3/I.6260
定　　价：58.00元
告 读 者：如发现本书有质量问题请与印刷厂质量科联系　T:0512-68180628